JN092200
男子だと思っていた
幼馴染との新婚生活が
うまくいきすぎる件について
はむばね Illust. Parum

烏丸唯華
Yuika Karasuma
秀一の親友で幼馴染。
幼少時代は
男子のふりをしていた
「まさか、一目で
見抜かれるとは……。
流石は秀くん。
サプライズ失敗だね」

「私に、しとかない？」
「そんな軽いノリで
結婚を決めて
いいのか……？」
近衛秀一
Shuiti Konoe
高校三年生。名家の長男で、
家を継ぐためのお見合いの場で
唯華と再会。そのまま結婚へ

「秀くん、今日何枚？」
「んー、一枚で良いや」
「はぁ⁉ 今のをガード⁉ どんな一点読みだよ⁉」
「秀くんの考えはお見通し、ってね」

「ありがとね、秀くん。
私に見つかってくれて」

「これぇ……暑ぅいのぉ……」
これ、といいながら唯華はパジャマの胸元を引っ張った。
その中が見えそうになって、俺は慌てて目を逸らす。
「そ、そうか、着替えが
欲しかったんだな。
わかった、今出すから……」
「違うのぉ……」
衣装箪笥の方へと向かおうとすると、
力ない手で手首を摑まれて。
「暑いからぁ……
秀くん、
これぇ……」

これ、と唯華は変わらず
パジャマの胸元を引っ張りながら。
「脱がせてぇ……？」

近衛一葉
Kazuha Konoe
秀一の妹。
クールに見えて、
実は妄想が激しく……？
高橋陽菜
Hina Takahashi
秀一たちのクラスメイト。
明るく人なつっこい
アホの子
「守りたい、このメス顔……！」
「よいっす、どうしたどうした？」
「唯華さーん！ヘールプ！」
竹内瑛太
Eita Takeuti
秀一たちのクラスメイト。
烏丸家とつながりがある
家柄出身で、唯華を気にしている

男子だと思っていた幼馴染との新婚生活がうまくいきすぎる件について

はむばね

角川スニーカー文庫

23134

CONTENTS

プロローグ 004

第1章 私たち、結婚します！ 013

第2章 新生活、まずは順調？ 037

第3章 繋がる、新たな友人達 065

第4章 予定外、それは突然に 121

第5章 俺の妹、こんな子です 164

第6章 訪れた、急展開……と 227

エピローグ 268

あとがき 283

口絵・本文イラスト Parum
デザイン たにごめかぶと（ムシカゴグラフィクス）

プロローグ

「秀くーん、コーヒー淹れたけど飲むー？」

キッチンの方から声をかけてくる彼女……烏丸唯華は、俺の親友である。

俺の名前が近衛秀一だから、『秀くん』。その呼び方は、十年前から変わらない。

「おー、飲むー」

読んでいた小説から顔を上げながら返事をすると、「りょーかーい」との声。少しして、唯華がリビングに戻ってきた。その手にはコーヒーカップが二つ。

「はいよ」

「センキュー」

唯華が自分の前に置いたカップには、スティックシュガーが二本とポーションミルク。

俺の前に置かれたソーサーには、砂糖は無しでポーションミルクだけが添えられている。

何も言わずとも俺の好みを把握してくれていることが、なんだか少し面映い。

ミルクを入れて一口飲んだ後、俺はまた小説に視線を落とす。

唯華は俺の隣に寝転がり、スマホとイヤホンを取り出して動画を見始めたみたいだ。

そのまましばらく、お互い無言の静かな時間が続いた。

だけど気まずさなんて少しもなくて、むしろこの沈黙もなんだか心地良い。

「ふっ、あっはは！」

小説を読み終え、温くなったコーヒーを飲み干していると隣からおかしそうな笑い声。

なんとなく視線を向けると、ふとこちらを見た唯華と目が合った。

「ねねっ、これ面白くない？」

と、イヤホンを外したスマホの画面を向けてくる。

唯華がタップすると、表示されていた動画が再生されて……。

「ふっは！」

ティッシュ箱から勢いよくティッシュを掻き出す猫。それが飼い主さんに見られていることに気付いた途端しれっと座って知らん顔していて、俺も思わず吹き出してしまった。

「このふてぶてしい感じがたまんねぇな」

「私は何もしてませんが何か？　って顔だよね」

なんて言いながら笑い合う。

それからどちらからともなく、それぞれの趣味に戻った。

スマホを操作する唯華の横で、俺は次の小説へ……って、これこないだ読んだやつじゃん。積ん読タワーから適当に持ってきたけど、重複して買っちゃってたパターンか……。

なんとなく気を削がれた気分で、今度はゲーム機を起動させる。

さて、どうしような……格ゲーでオンライン対戦でも……と、思っていると。

「おっ、一戦やっちゃう？」

俺の思考を読んだかのように、唯華がニンマリとした笑みを向けてきた。

「お相手願おう」

俺も、好戦的な笑みを返す。

そうして、対戦が始まると。

「おっしゃ、もらった！」

「ふふーん、そうはいかないよ？」

「はぁ!? 今のをガード!? どんな一点読みだよ!?」

「秀くんの考えはお見通し、ってね」

「チィッ……だがその言葉、そっくりそのままお返しするぜ！」

「うっそ、このコンボ読み切れるもんなの!?」

お互い、たちまち熱くなっていくのだった。

♠　♠　♠

「やった、今度は私の勝ちぃ！」

「んんっ、今のは上手かったな……しかし、今ので二十五勝二十五敗……完全に互角か」

「昔と力関係は変わってないみたいだね」

「だな。キリも良いし、ちょっと休憩すっか」

「さんせー」

唯華の了承を受け、俺は立ち上がって冷蔵庫へと向かう。

取り出すのは、炭酸のペットボトル二本。グレープ味とオレンジ味だ。

「ほいよ」

リビングに戻り、特に確認することもなく唯華にオレンジ味を渡す。

お互いの好みも把握済み、である。

「ごくろー、褒めてつかわす」

冗談めかしながら、唯華はどこか嬉しそうに笑ってペットボトルを受け取った。

二人同時にキャップを開けて、一口。

『ぷはーっ！』

身体に染み渡るような感覚に、これまた同時に声が漏れた。

「火照ってる時に飲む炭酸の美味しさったらないよね」

「それな」

全面同意を込めて、指差して返す。

「パーティー開きー」

なんて言いながら、スナック菓子の袋を開ける唯華。どうやら、俺が飲み物を取りに行ってる間に用意してくれてたらしい。

「ほい」

「センキュー」

これまた当然のように用意されていた割り箸を手渡され、スナック菓子を摘んで口に運ぶ。コントローラーに汚れが付かないよう、ゲーム途中でのお菓子は割り箸必須なのだ。

「昔はこれ、お行儀悪いってよく怒られてたよねー」

「ははっ、だな。俺たち的には、むしろ行儀よくしようとして辿り着いた結論なのに」

かつて俺の家で繰り返されていた光景を思い出すと、懐かしさに少し頬が緩む。

「あと、いつまでゲームやってんだって怒られるのも恒例だったたな」

「秀くんが、勝ち越すまでやめないって言うからー」

「記憶を捏造すんな、それ言ってたのは唯華の方だぞ？」

「ふふっ、そうだっけ」

「てか、今でも投げキャラ使いなの変わんないのな。厄介だわー」

「秀くんのトリッキーなスタイルでそれ言う？　昔はまだ可愛いもんだったけど、いやらしさに磨きがかかってるってレベルじゃないよ」

「それこそ、普通に対応しといてそれ言うか？」

あの頃……十年前からハードもソフトも何世代も新しくなってるし、お互いそれなりに老獪なテクも覚えた。けどなんていうか、根底のところはやっぱり変わらなくて。

それが、なんとなく嬉しかった。唯華の見た目は、凄く変わったけど……でも、やっぱり唯華は唯華で変わってないんだなって思えて。

「にしても……ちょっと、意外だったよ」

「うん？　何が？」

俺の言葉に、唯華は小さく首を捻る。

「唯華が、今でも格ゲーやってるなんてさ。てっきり、もう興味なんてないもんかと」

「そ？　あれだけ好きだったんだし、別に不思議じゃないと思うけど」

「とはいえ、十年も前の話だからな。好みは変わって当然だし、特に……」

女の子は、自然とこういうのから離れていくものかと思って……という言葉は、なんとなく飲み込んだ。お互いの手が触れ合う程の距離で並んで座っている現状、彼女のことをあまり異性として意識すると『何か』が変わってしまいそうだったから。

「特に、なに？」

「あぁ、いや……」

首を傾ける唯華を相手に、言葉に詰まる。

「特に、唯華は飽きっぽいとこあっただろ？　だからさ」

「あはっ、確かにね」

どうやら、上手く誤魔化せたみたいだ。

「だけど、これは……」

唯華は、そこでふとした調子で言葉を止めて。

「これも」

そう言い直しながら、ソファに立てた片膝に腕と顔を載せる。

俺の方に向けられる笑みには、どこか挑発的な雰囲気が感じられるような気がした。

「ずっと、好きだよ」

それは勿論ゲームのことを言っているのであって、他意はないはず。だけど、真っ直ぐに見つめられながら言われると……少しだけ、勘違いしそうになってしまう。
別の意味が、込められてるんじゃないかって。
だけど、そんなわけはない。
俺たちの『婚姻関係』は、あくまで表面上のものなんだから。

俺と烏丸唯華は、幼い頃からの親友である。
そして、同時に。
今は、夫婦でもあった。
どうしてそうなったのか……話は、少し遡る。

第1章　私たち、結婚します！

春休みを目前に控えた、高二の三学期。

「あの、近衛（このえ）くん……今、いいかなっ？」

「……何か？」

クラス委員の白鳥（しらとり）さんへと短く返事すると共に、読んでいた本に栞（しおり）を挟んで閉じる。

「ひぅ……」

俺のぶっきらぼうな返答に、白鳥さんはビクッと怯（ひる）んだ様子を見せる。別に脅すつもりはないんだけど、いかにも気弱そうな彼女には俺が余程恐ろしく見えているらしい。

「そ、その、進路希望調査票！　あと、出してないの近衛くんだけなんだけど……！」

「あぁ、それならもう先生に直接出してあるから」

「あっ……そう、なんだ……」

「用件は、それだけ？」

「う、うん……」

「そう」

白鳥さんが頷いたのを確認して、開き直した本へと視線を落とす。

「えっ、と……」

白鳥さんはその場で少しだけオロオロする様を見せた後、すぐに離れていった。

「ふぅっ、緊張したぁ……！」

「頑張ったね、白鳥ちゃん……！」

「よく、あの話しかけんなオーラを突破した……！」

「近衛くんも、もうちょっとくらい愛想良くしてればいいのにね……」

白鳥さんの去っていった方向から、そんな声が漏れ聞こえてくる。

別段今に始まったことじゃないんで、気に留める程のことでもなかった。

「ねーねー、近衛っち」

と、今度は妙に馴れ馴れしい声に邪魔されて再度顔を上げる。髪を明るく染めて制服を着崩しているのは、同じくクラスメイトの天海さん。話すのはこれが初めてである。

「アタシと、ちょっとお話しない？」

「……なぜ？」

「や、もうすぐ二年も終わりでしょ？　なのに、一回も近衛っちと話したことなかったなーって。それって、なんか寂しいじゃん？」

軽く目を細めて尋ねてみても、怯む様子はない。一般的に見れば、明るい女子がぼっちに話し掛けてあげている優しい構図……ってことになるんだろうか。

俺は、頭の中のデータベースから彼女の情報を引き出す。

「……確か今度、仲間内で新しくベンチャー立ち上げるんだって？　素晴らしい、上手くいくことを陰ながら祈っているよ」

「えっ……？　……あー」

驚きに声が跳ねた後、続いての天海さんの声は気まずげな調子となっていた。

「えっと……なんで？」

この「なんで？」は果たして、なぜ知っているのかという意味なのか、なぜ今その話をしたのかという意味なのか。

前者であれば、クラスメイトの目立つ動向は大体把握してるから。

後者であれば。

「言っとくけど、俺個人の資産なんて一般の高校生並……ウチの学校の中じゃ、だいぶ下の方だよ。そして、経営者としても個人としてもウチの家族が俺の『お願い』なんて聞いてくれるようなことはない。投資話なら、残念ながら相談には乗れそうにないかな」

「あー……んー……」

引き続き気まずげな表情で、天海さんは所在なげに髪をイジる。

「まー……ね？　そういうのを全く考えなかったっていうと嘘になるけど……純粋に近衛っちと話したいって気持ちも、本当なんだよ？」

こうして本音も晒してくれている辺り、たぶん事実なんだろう。

「そうか、それは申し訳ない」

だからこちらも、本心を込めて頭を下げ。

「だけど、今は読書に集中したいから。ごめん」

拒絶する。

「や……なんか、こっちこそ？　邪魔しちゃって、ごめんねー……」

それだけ言って、天海さんは少し寂しげに笑って離れていった。

きっと彼女は言葉通り、純粋に俺と親交を結びたいって気持ちを持ってくれてたんだと思う。投資の話も、俺から切り出さなければ口に出すことはなかったんだろう。

でも、今はそうでも今後はどうかわからない。例えば彼女たちの事業が危機に瀕した時、俺を利用するという選択肢が本当に浮かばないだろうか。さっきはあぁ言ったけど、実際問題として俺の伝手を使えば解決出来る問題というのはそう少なくもないんだから。

それでも彼女は、俺を頼ることなく変わらない態度でいてくれるのかもしれない。でも、そうじゃないかもしれない。いちいち判断するのも面倒で、俺は全てを遠ざける道を選んだ。近衛秀一(しゅういち)が、高校生に至るまでに身に着けた処世術だ。

俺も含めて、小学校からエスカレーター式で上がっていく奴(やつ)が多いこの私立朋山(ほうせん)学園。

いわゆる名門ってやつで、良家のご子息ご息女の見本市である。

その中でも近衛家(ウチ)は古さも束ねる企業の規模もまぁまぁ上の方に位置するようで、親の指示も含めて子供ながらに色々と考えて近づいてくる奴のなんと多かったことか。

人間不信になったのは、もはや必然と言えるんじゃないだろうか。

俺は今まで、誰にも心を開くことなんてなく……あぁ、いや。

たった一人だけ、いたな。

十年程前に別れた……親友が。

♠　♠　♠

これは、幼い日の俺の記憶。

「ねぇキミ、どうしていつも一人なの？」

一人しゃがみこんで砂場で遊んでいた僕は、その声に顔を上げた。

するとそこにいたのは半袖半ズボン、短髪のいかにもヤンチャ坊主って感じの男の子。

「……みんな、僕を嫌な目で見るから」

作り笑いを浮かべて、こっちの機嫌を伺って。僕に近づいてくる子は、パーティーで父さんに挨拶した後に話しかけてくる大人の人と同じ表情をしてる。そういう人の目は、妙にギラギラして見えて……近くにいると、なんだか気分が悪くなっちゃう。

「なにそれ、変なの」

僕だってそう思うけど……それは、僕にはどうしようもない。

もうすっかり、一人で遊ぶのにも慣れちゃった。

「じゃあさ、ボクと友達になろうよ！」

だから、そう言って手を差し出してくる男の子の言葉も素直に受け取れない。

「僕は……」

差し出された手を見た後で、男の子の顔をジッと見つめる。

「近衛秀一、って名前なんだけど」

「あぁ、キミがそうなんだ」

「っ……！」

どうやら、彼も僕のことを知ってるみたい。

だとすれば、やっぱりこの子も……。

「じゃあ、秀(しゅう)くんって呼ぶね！」

「えっ……？」

さっきと何も変わらない口調で言ってくる男の子に、思わず目を瞬かせちゃった。

僕を見つめる男の子の目は真っ直ぐで……少しも、嫌じゃない。

「ボクは烏丸(からすま)、ゆ……」

男の子の方も名乗りかけて、なぜかそこで言葉を止める。

迷うように、口をパクパクさせて……もしかして、名前を言いたくないのかな？

普段は自分の名前を出来れば出したくない僕も、なんとなく気持ちはわかったから。

「じゃ、ゆーくんって呼んでもいい？」

「っ……」

僕が尋ねると、驚いたみたいに少し目を見開く。

「……うんっ」

それから、男の子……ゆーくんは、嬉(うれ)しそうに笑って頷いた。

「よろしく、ゆーくん！」

ずっと差し出してくれていた手を、ようやく握る。

力強く握り返してきたゆーくんがグイッと引き上げてくれるのに合わせて、立ち上がる。

「よろしく、秀くん！」

ゆーくんは、僕より少し背が高いみたいだ。

「ねぇ秀くん、裏山に行かないっ？　秘密基地を作りにさ！」

「うん！　行く！」

少しも迷うことなく頷いて……僕は、ゆーくんと一緒に駆け出した。

その後、俺たちは裏山を駆け抜けた。時に木に登り、時に坂を滑り降り、時に川へとダイブした。結果、身体中（からだじゅう）泥んこになったせいで帰ってから母さんにド叱られることになったんだけど。

その日は、俺にとって人生で一番楽しい日となって。

そしてそれ以降、『人生で一番楽しい日』は毎日更新されることになるんだ。

ゆーくんが海外へと引っ越す、その日まで。

♠　♠　♠

——ヴヴヴヴッ

「ん……？」

人生で唯一の友人との思い出を振り返っていると、ポケットから着信の振動音。

スマホを取り出すと、表示名は『爺ちゃん』だった。用件は容易に察せる。

「はぁ……またかよ」

スマホ片手に廊下に向かうと、進路上にいたクラスメイトがサッと道を開けてくれた。

ははっ、楽でいいね。

「もしもし？　その件なら断る」

『まだ何も言うとらんじゃろがいっ』

開口一番でお断りすると、やかましい声が鼓膜を震わせる。

「どうせ見合いの話だろ？」

『……まぁ、そうだが』

だけど、溜め息混じりで指摘すると声量が少し落ちた。案の定……またいつもの議論を繰り返さないといけないのかと思うと、なんともめんどくさい。

『秀一、お前もいい加減に結婚相手を定めぃよ？』

「いい加減、ってさー。俺、まだ十七だぜ？」

『この夏で十八だろうが、もうそろそろ時間切れだと諦めぃ』

このやり取りも、何度目だろうか。

無駄に古くから受け継がれている我が近衛家の家訓として、『家督を継ぐ者は結婚出来る年齢になれば速やかに結婚せよ』というクソッタレなものがあるのだ。たぶん、変な遊びとか覚える前に身を固めろってことなんだろうけど……時代錯誤も甚だしい。

『それとも、彼女の一人でもいるのか？』

「……まぁ、いないけどさ」

それどころか、人間不信を拗（こじ）らせた結果友人の一人さえ存在しないわけである。

『言うておくが、結婚するまで家督は譲らんからな？』

「わかってるよ」

古臭い因習はマジでクソッタレだけど、家族や家のことは大切に思ってる。本家長男の俺が継がないとなれば、家督争いが勃発しかねないからな……でも、だからこそ爺ちゃんも父さんも俺に継がせたいはずだ。それに、家督を継ぐとしてもまだまだ先。まさか十八歳の誕生日に結婚しなきゃいきなり勘当ってこともしないだろうし、遅滞戦術で粘って上手い落とし所を見つけられないだろうか……と、画策中なのである。

『今回はもう、先方と顔合わせの場まで詰めてある。今から断るのも失礼だから、とにかく会うだけでも会え』

「ちょっ……」

そんな、勝手に……とは思うものの。

「……わかったよ、会うだけな」

まぁ、こっちも多少の譲歩は必要か……と思い、渋々了承する。

『あぁ、それでいい』

電話越しに、爺ちゃんの満足げな様子が伝わってくる。

『それだけで……な』

「ん……？」

最後に妙に意味深な言葉を残し、それについて俺が尋ねる前に電話は切れた。

「何なんだ……？」

若干気にはなったものの、リダイヤルする程のものでもなく。

適当な爺ちゃんのことだしどうせ何かそれっぽいことを言いたかっただけだろうと、この件はすぐに頭の中から消えていった。

♠　♠　♠

そして、数日後。

どうせ断るんだから、時間使って貰うだけ相手に申し訳ないよな……と、気の進まないまま会場入りし。爺ちゃん、その向かい側に先方のお母様らしき方、そして俺とお見合い相手がその隣で向かい合う形で座る。

「どうも初めまして、近衛しゅ……う？」

とりあえず愛想笑いを浮かべての自己紹介は、途中から消え入ることになった。

彼女の姿を正面からしっかりと見た瞬間、全ての意識を奪われてしまったから。

意志の強さが垣間見える瞳、整った鼻梁に桜色の唇と、奇跡のように美しいバランスだ。やや茶味がかった髪は上品にまとめ上げられ、藍色の着物によく映えている。視線を惹き付ける引力でも纏っているかのように、彼女から視線を外すことが出来なかった。

こんなの、人生で初めてだ。いくら美人とはいえ……まさか、一目惚れだとでも……？

「あっ……れ？」

いや、違う……と。ようやく、気付くことが出来た。この胸に生じているのは、この心臓の高鳴りが示しているのは……たぶん、恋愛的なそれじゃなくて。

懐かしさ、だった。

俺の知る姿とは随分と……本当に滅茶苦茶印象が変わってるけど、間違いない。顔立ち？　雰囲気？　何を根拠にしてるのか自分でもわからないけど、ただ確信だけがあった。

「……ゆーくん、だよな？」

幼い日に別れた、親友のあだ名で呼びかける。

「……これはビックリ」

すると、彼女は言葉通り目を丸くして驚きを表現した。

「まさか、一目で見抜かれるとは……流石は秀くん。サプライズ失敗だね」

「や、めっちゃサプライズされてるっての！　だって、おと……！」

男じゃなかったのかよ!?　……そう叫びたくなるのを、どうにか堪えた。

流石に、本人を前に「男だと思ってた」って言うのは失礼すぎるもんな……。

「おと、音沙汰も全くなかったのに、今日はどうしたんだ……？」

「うん、実は秀くんとお見合いをしに来たんだよ」

「うん？　うん、あぁ、そうか、それはそうだな、うん」

いかん、動揺して頭がイマイチ働いてない……！

「おやおや、二人が知り合いだったとはな？」

「チッ……！」

隣でニマニマと笑いながら白々しいことを言う爺ちゃんを、舌打ち混じりに睨みつける。

電話の時の意味深だった感じ、これを仕込んでたからかよ……！

いやまぁ、これに関しては事前に相手を確認しなかった俺の落ち度だけどさ……どうせ断るからと思って、写真さえ見てなかった。

とはいえ、爺ちゃんは俺が確認しないことまで計算尽くな気がするけど……。

「それなら二人、積もるお話もあるでしょう？　堅苦しい挨拶なんかは無しにして、ゆっくりと語らいなさいな」

俺の斜向い、ゆーくんのお母様もまた白々しくそんなことを提案する。

「おう、そうしなさいそうしなさい。それでは、邪魔な保護者は退席するとしよう」

目配せを交わし合って、二人は腰を上げてさっさと退出してしまった。

このスムーズさ、たぶん最初からこうする算段だったんだな……。

「あー、えーと……」

見知らぬ美少女……いや、一応見知った美少女になるのか？　と、いきなり二人きりというこの状況。人生で初めてすぎて、何を言えばいいのか正解がわからない。

「どうも、近衛秀一です」

とりあえず、さっき言い損ねた自己紹介を口にしてみた。

「ふふっ、知ってる」

「……そりゃそうだわな」

クスクスと上品な微笑みも、かつて豪快に笑っていた頃とはだいぶ印象が異なる。

「それじゃ、私も改めて……烏丸唯華です、よろしくね」

一方のゆーくん……唯華さんは、自らの胸を手の平で指しながらペコリと頭を下げた。

「あ、はい……よろしくどうぞ？」

俺は、どうにも間抜けな面で頭を下げ返すのが精一杯で。

「それにしても秀くん、しばらく見ない間に大きくなったねぇ」

「親戚のオッサンか？」

感慨深げな唯華さんを相手に、思わず素でツッコミを入れてしまった。

「それに、とっても格好良くなった」

「そりゃどうも……」

正面から恥ずかしげもなく言われると、逆にこっちもそんなに照れないもんだな……。

なんて謎の発見をしているうちに、ようやく少しずつ動揺も収まってきた。

「君の方こそ……見違えたよ、本当に」

そこから先を言うのは、流石に少し恥ずかしかったけれど。

「凄く……その、綺麗になった」

「ふふっ、ありがとう」

本心からの言葉だったけど、社交辞令と受け取られたか唯華さんの反応はあっさりとしたものだ。まぁ、こんなの普段から言われ慣れてるだろうしな。

「今ならもう、男の子だなんて勘違いはされないかな？」

「……気付いてたのか」

イタズラっぽく笑う唯華さん相手に、若干気まずい想いが芽生える。

「そりゃね。昔の秀くんったら、私を完全に男の子扱いだったもん」

こっちをからかうような笑みなんかは、イタズラ小僧……もとい、イタズラ娘さんだった『ゆーくん』と確かに重なるものだった。

「あー……申し訳ない」

「ふふっ、そんな気まずそうに謝らなくても」

頬を掻きながら謝る俺を見て、唯華さんはクスクス笑う。

「あの頃の私は、そう勘違いされても仕方なかったっていうか……あえて、男の子だと思われるように振る舞ってたんだから」

「そう……なの？」

だとすれば、理由が気になるけども……これは、踏み込んで良い話なんだろうか……？

「小さい頃から、女の子は女の子らしく、おしとやかでありなさい、男の人を立てなさい、礼儀や教養も身に着けなさい……って、お祖母様が厳しくて。あの頃は、それに対する反抗の真っ最中だったってわけ」

と思ってたら、あっさりと語ってくれた。

「なるほどな……もしかして、名前を言いたくなさそうだったのも？」

「うん。『唯華』じゃ、いかにも女の子じゃない？　それもあんまり好きじゃなくて……秀くんが察してくれて、あの時は嬉しかったなぁ」

懐かしげに目を細める唯華さんは、やっぱり『ゆーくん』と重なるところはあるものの……今じゃすっかり女性らしくなっていて、なんだか脳が混乱する思いだ。

「ところでっ」

「っ……!?」

なんて思っていたらズズイッと唯華さんが身を乗り出してきて、思わずちょっと身体を後ろに逸らしてしまった。

「ねぇ、秀くん」

唯華さんのこの笑みは、ゆーくんがイタズラを思いついた時のものを彷彿とさせる。

「一つ、提案なんだけど」

果たして、唯華さんはそう続けながら自身の胸を手の平で指した。

短い言葉ではあったけど、この場における意味は明白だろう。

「私に、しとかない？」

「秀くんちも似たようなものだと思うけど、ウチも早く結婚相手を決めろってうるさくてさぁ。でも、よく知らない相手と結婚するって博打要素が強すぎるでしょ？」

「……彼氏とかはいないの？」

「いたらこの場に来てないって」

「そりゃそうか……」

それに、烏丸家も古くから続く名家だ。

お相手は誰でもいい、ってわけにもいかないんだろう。

「その点、秀くんが相手なら気が楽かなって」

「そんな軽いノリで結婚を決めていいのか……？」

「人生、重く考えすぎても身動き取れなくなるだけじゃない？」

「そうかもしれんが……」

曖昧に言葉を濁しながら、考える。

実際のところ……その選択肢は、俺にとってもかなり『アリ』だった。というかぶっちゃけ、全く解決の目処が立ってなかったところに垂れてきた蜘蛛の糸だとさえ言える。十年という月日を隔てているとはいえ、ゆーくん……唯華さんは、同世代で俺が心を許せた唯一の相手なんだから。今後、初対面の誰かと結婚を決めるよりは遥かに……そう。

それこそ、気が楽……かも、しれないな。

「ふふっ」

思考の奥に沈んでいた意識が、唯華さんの笑い声で浮上する。

「考え込むと耳たぶを摘む癖、変わってないね」

「えっ……？　あっ、おぅ」

指摘されて初めて、自分が無意識に耳たぶを触っていたことに気付いた。

そういや昔、ゆーくんに言われて初めて自分のこの癖を知ったんだっけ……。

「そろそろ、考えも纏まってきた？」

「……あぁ」

実際、ちょうど方針も固まったところだ。

「じゃあ、私と結こ……」

「ちょっと待った！」

唯華さんの言葉を遮る。

なんとなくだけど、続く言葉は『結婚してくれる？』辺りだと確信出来たから。

「……やっぱり、私じゃ駄目？」

苦笑を浮かべる唯華さん。

だけど、そうじゃなくて。

「違うんだ」

まったく……俺も意外と、時代錯誤というか古風なところがあったもんだ。

「その言葉だけは、俺の方から言わせてほしい」

「えっ……？」

自分でも、こんなことにこだわりを持ってるだなんて思ってなかった。

「烏丸唯華さん」

緊張に、顔が強ばるのを自覚する。

「俺と」

唯華さんに向けて、手を差し出して。

「結婚、してください！」

大きな声で言うと共に、頭を下げた。

「っ……！」

唯華さんが息を呑む気配が伝わってくる。

この流れで、流石に断られることはないだろうとは思う。でも、人生で始めての『告白』……をすっ飛ばしての『プロポーズ』に、ドキドキと心臓が無限に高鳴っていく。

その後の沈黙は、実際には数秒ってとこだったんだろうけど……俺には、無限の長さに感じられた。けれど、すぅと息を吸う音が前方から聞こえて。

「はいっ！」

大きな返事と共に、唯華さんが俺の手を取ってくれたのだった。

♥　♥　♥

「それじゃね、秀くん」

「あぁ、またな」

手を振る私に、秀くんも軽く手を振り返してくれる。

秀くんからのプロポーズを受けた後は、お母様と秀くんのお祖父様にも戻ってきてもらって。今後のスケジュールとかを軽く話した後、今日は解散となった。

秀くんがお祖父様の車に乗り込むのを見送ってから、私も迎えの車に乗る。

「……ふっ」

後部座席に腰を落ち着けた瞬間、これまでずっと堪えていた笑みが思わず漏れた。

嗚呼(ああ)、本当に。

ずっとずっと、漏れ出ないようにどうにか我慢してたの。

あまりに、計画通り……いえ、それ以上の成果だったから。

「ふふっ」

頬が弛緩(しかん)していくのを自覚する。

もう、私の『本性』を全部曝(さら)け出しても……いい、よね？

「うふっ……うふふふふふふふふふふふふふぅ……！」

秀くんが……！

秀くんが、「結婚してください」って言ってくれたぁっ……！

いやぁ、今日は色んな意味で人生で一番ドキドキしたぁ……！　「綺麗になった」って言ってくれた時はニヤけそうになるのを堪えるのに必死だったし、結婚の提案の時は清水の舞台から飛び降りるような気持ちで……「ちょっと待った！」って言われた時は、完全に断られる流れだと思って絶望感がエグかったよね……！　でもその直後にプロポーズしてくれたもんだから、テンションの落差が軌道エレベーター並！　思わずその場で叫び出

しそうになったのをどうにか堪えられたの、人生最大のファインプレーじゃないっ？

「そのだらしない笑みをここまで出さずにいられたこと、素直に褒めてあげましょう」

私の隣に乗り込むお母様は、そう言いながらも呆れ顔だった。

「貴女は、彼とお別れしたあの日から『秀くんと結婚する』って言って聞かなかったものねぇ……彼のお見合いに自分以外の相手が選ばれないよう、ガチガチに根回しまでして」

「ちょっとお母様、それ絶対秀くんには言わないでね？　重い女だと思われちゃうから」

「言うつもりはないけれど、どうしてこんな重い女に育ってしまったのかしら……」

小さい頃、いつの間にか芽生えていた秀くんへの恋心。

それは、十年の時を経た今でも色褪せることはなかった。

むしろこうして再会して、これまで以上に激しく燃え上がっているのを感じる。

とはいえ……それを表に出すと、たぶん引かれちゃうよね。

秀くんにとって、私はあくまで『親友』なんだから……今は、まだ。

引き続き秀くんの前ではクールに振る舞おう、クールに！

第2章　新生活、まずは順調？

　見合いの席からこっち、結納やら両家の顔合わせやら引っ越しの準備やらで慌ただしく日々は過ぎていって。

「私達、ここで今日から一緒に暮らすんだねぇ」

「だなぁ」

　３ＬＤＫの新築マンションの一室——この後に引っ越し業者に来てもらう手筈になってるんで、今は空っぽの状態だ——に足を踏み入れながら、どこか感慨深げな唯華さんの言葉に同意する。ぶっちゃけここまでは流されるままにイベントをこなすだけで、結婚するだなんて実感は薄かったけど……本番は、ここからってところか。

「唯華さん、そろそろ……」

「それ、再会してからずっと気になってたんだけど」

　俺の言葉を遮って、唯華さんは俺の唇の辺りを指す。

「なんでそんな他人行儀な呼び方になってるの？」

「そうは言っても、今更『ゆーくん』ってのも変だろ……」

「なら呼び捨てでいいよ、呼び捨てでっ」

……実際、俺としても『唯華さん』って呼び方は微妙にしっくりきてなかったんだよな。

確かに、俺たちの間柄なら呼び捨てくらいでちょうどいいのかもしれない。

「わかったよ……唯華」

「ん、それでよろしい」

ご希望の形で呼ぶと、唯華さ……唯華は、満足げに頷いた。

「それで秀くん、さっき何を言おうとしてたの？」

「や、そろそろ業者が来る時間だなって言おうとしてたんだけど……俺が呼び捨てにした以上、そっちも呼び捨てにするのがフェアってもんでは？」

「いやぁ、やっぱりこの呼び方が一番しっくりくるから」

「なんかズルくね？」

「子供時代、私のことを『ゆーちゃん』と呼ばなかったのが秀くんの敗因だね」

「なるほど、十年以上前に勝敗は決していたか……」

いやまぁ、全然いいんだけどね……。

「あっ……そういえばこれ、まだ話し合ってなかったけどさ」

そこでふと、唯華が何かを思いついた調子でそう口にする。

「寝室って、どうする？」

「うん？　どうするとは？」

唯華の言っている意味がわからず、首を捻る。

「一緒のベッドで、寝るのかなって」

「ごふっ⁉」

どこか嫣然と微笑みながら言う唯華に、思わず咳き込んでしまった。

いやまぁ、普通の『夫婦』ならその方が自然なのかもしれないけど……。

「……寝室は、分けよう。お互い一室ずつで、残りを客間にすればちょうどいいと思う」

「小さい頃みたいに、一緒のお布団で遅くまでお喋りするのも楽しいと思わない？」

「それは、追々検討させていただければと……」

「ふふっ、楽しみにしてるね」

どうにか絞り出した俺の返答に、唯華はイタズラっぽく笑う。

からかわれただけなんだろうけど、俺が了承を返したらどうしてたんだよ……。

♥　♥　♥

……大丈夫？　私、ちゃんと小悪魔スマイル的なの浮かべられてる？　今までに使ったことないとこの筋肉使ってる感じがして、ほっぺたがちょっと攣りそうなんだけど……！

「とりあえず引っ越し業者が来る前に、一通り設備が問題ないかをもっかい確認しとくか」

「そだねー……ふぅ」

幸いにして秀くんがすぐ背を向けてくれたので、へにゃっと顔を弛緩させる。

……ところで。もしも今、秀くんが了承を返してきてたらどうなってたんだろう？　流石にこっちから言った手前、改めては否定しづらいけど……「ふふっ、本気にしちゃったんだ？」とか言っとけば誤魔化せたかな？　それでも誤魔化せなくて、ホントに一緒のベッドで寝ることになった場合……場合……。

「わひゃっ……!?」

想像するだけで、心臓が爆発しそうなんだけど……！

「ん？　何か言ったか？」

「うん？　別に何も言っていないけど？」

あっぶな……！　秀くんが振り返る前に、ギリでデレ顔は修正出来たよね……!?

「そっか？　ならいいけど……ところでなんかちょっと顔が赤い気がするけど、大丈夫？　熱があるんじゃないか？」

「あはっ、新居に興奮しちゃってるのかもね。私、ずっと実家暮らしだったし」

「無理はすんなよ？」

「勿論。ほら、手分けして回っていこう」

「あぁ、うん、了解だ」

よし、これで表情を取り繕う必要もなくなったね……。

「……んふっ」

秀くんと一緒のお布団で……かぁ。

いずれはホントに……ねっ！

♠　♠　♠

荷物の運び入れも問題なく完了し、あらかた荷解きも終えての夜。

『ごちそうさまでした』

引っ越し蕎麦を食べ終え、揃って手を合わせる。

さて、そんじゃ食後のお茶でも……。

「お茶、淹れるね」

と思ったところで、唯華がそう申し出てくれた。

「あ、おう。サンキュ」

唯華が淹れてくれたお茶を、二人で静かに啜(すす)る中。

『…………』

部屋に、沈黙が満ちた。

「あー……っと」

なんとなく部屋の中を見回しながら、話題を探す。

「家具とか家電とか、色々と買い足さないとな」

「うん、明日買いに行こっか」

「あぁ」

けれど、そこでまた会話が終了してしまい。

『…………』

再び満ちる沈黙。

『…………』

いや……。

『…………』

気まずいな!?

うーん……昔は、俺とゆーくんの間じゃ会話が途切れることなんて稀(まれ)だったってのに。

だけど、俺たちには十年の隔たりがあるんだ。当然だけど、あの頃と同じってわけにはいかないよなぁ……なんて、今更ながらに実感した。

「ねぇ、秀くんはお休みの日とか何してるの？」

唯華の方はどう思ってるのかわからないけど、少なくとも表情は平静に見える。

♥　♥　♥

「うーん……主に、読書？」

「へー、そうなんだ？」

「うん」

『…………』

……いーやこの沈黙の時間、めっちゃ気まずいよね!?

秀くんとの同棲生活にドキドキワクワクしてたけど、当然ながら離れてた十年って決して短い時間じゃなくて。私は今の秀くんが何を好きか、普段どんな風に過ごしているのか、今どんなことを考えてるのか何もわからない。

でも……それなら。

「随分インドア派になったんだね？　昔は外を走り回って、泥んこになっておばさまに怒られるまでがセットだったのにねー？」

これから、知っていけばいいだけ……だよねっ！

「それは、唯華に連れ回された結果なんだよなぁ……」

「でも、楽しかった……でしょ？」

少しだけドキドキしながら、ニッと笑って尋ねてみる。

「あぁ、勿論」

秀くんも微笑んで大きく頷いてくれて、ホッとした気持ちになった。

あの時間を、秀くんも大切に想ってくれてることが伝わってきたから。

「唯華があちこちに連れ回してくれたおかげで、一人じゃ絶対行かないようなところに行けた。一人じゃ経験出来ないようなことが経験出来た。一人の時より……ずっとずっと、楽しかったよ。ありがとう」

十年越しのお礼に、私はクスリと笑う。

「それは、私だって同じ。秀くんと一緒だからこそ、凄く楽しかった……ありがとうね」

嗚呼、本当に……秀くんがいてくれたから、今の私があるんだもの。

「しかし、色々無茶したもんだよなぁ。自転車で行けるとこまで行ってみようとかさ」

「あぁ、あの時は大変だったよねー。帰りの体力なんて考えてないもんだから、二人共もうへロへロになっちゃって」

「マジで一生帰れないかと思って、半泣きだったよな」

「そうそう。まったく、秀くんのおかげで酷い目に遭ったよね」

「確かに提案したのは俺だったけど、唯華がまだ行けるまだ行けるって全然引き返そうとしなかったせいだろ……」

「でも、秀くんだって止めなかったでしょー？」

「そうは言ってもだなぁ……」

なんて、私たちの会話は徐々に弾んでいき……。

♠　♠　♠

「そんで、俺はミカン食べたって話してんのにさ」

「あはっ、私はその前にしてた綺麗な石の話だと勘違いして」

『あの石、食べちゃったの⁉』

「って私が叫んだら、秀くんキョトンとしちゃったよね」

「ははっ、だって俺からしたら意味わかんねーもん」

「んふっ、そりゃそうだよね」

「そうそう、石といえば……」

気がつけば、さっきまでの気まずさが嘘だったみたいに間断なく会話していた。

『……っと』

示し合わせたわけでもないのに、ふいにお互いの視線が外れる。

『もうこんな時間か』

時計を見ながら完全にハモった声に、『ははっ』とまた笑い声が重なった。

「ふふっ、語り始めると止まらないね」

「それな」

さっきまで、隔てられた時間に寂しさを感じていたけれど。

離れていた分の時間も、今から埋めていけばいい……今は、そう思う。

「とはいえ、今日はここまでにしとこうか」

「うん……これからは、いつだって話せるんだしね」

「……だなぁ」

唯華の微笑みに若干心臓が跳ねて、俺はさりげなく視線を外した。

そ、それはともかく……この後、風呂を沸かすのと洗い物でお互いに家事を分担するのが効率的なわけだが……。

「私が片しちゃうから、秀くんはお風呂をお願い出来る？」

と思ってたら、唯華も同じ考えだったらしい。

じゃあ、あと決めとかないといけないのは……。

「沸いたら、秀くんから入ってくれていいよ。私、まだ残ってる荷解き済ませたいから」

続いて風呂の順番について相談しようとしたところ、これも先回りされる。

なんつーか、話が早いな……。

「あっ、それとも」

なんて思っていたら、唯華はふと何かを思いついたような表情に。

「秀くんは、一緒にお風呂入りたい……かな？」

「っ……!?」

続くニンマリと笑いながらの問いかけに、思わず言葉に詰まってしまった。

「さ、先に入らせていただきます……！」

「そ？　それは残念」

どうにか絞り出した返答に、唯華は全然残念そうじゃない口調と共にクスッと笑う。

昔っから、イタズラ好きなところがあったけど……今の姿でこういうからかわれ方すると、心臓に悪いな……！

♥　♥　♥

「さて……さっさと片しちゃおっと」

テーブルの上の食器をまとめて、シンクに移動させた後。

「……一緒にお風呂」

さっき自分で言ったことを、反芻してみる。

「うっひゃぁ……！　流石にそれはエッチすぎない……!?」

その様を想像して、顔が熱くなるのを感じながら……ゴシゴシと、必要以上に力強く食器をスポンジで洗っちゃう私なのだった。

♠　♠　♠

風呂を唯華と交代してから、自分の部屋でしばらく寛いでいたところ。

「秀くん、今いい？」

そんな声と共に、ドアがコンコンコンとノックされる。

「あぁ、いいよ」

まだ寝るつもりもなかったので、軽い気持ちで了承を返した。

「それじゃ、お邪魔しまーす」

開いていくドアの方に、何気なく目をやって。

「っ……」

その向こうから歩いてくる唯華に、思わず目を奪われた。上気した肌に、少しだけ張り付いたパジャマ。風呂上がりで暑いのか、上着のボタンは二つ目まで開けられていた。どうやら、着痩せするタイプらしく……って、ジロジロ見るんじゃないよ俺！

動揺したことを悟られないよう、少しだけ視線を外しながら小さく深呼吸する。

「……どうかしたか？」

どうにか、声に動揺は乗らなかったと思う。

「うん、おやすみの挨拶と……ちょっとした、抗議？」

「抗議……？」

特に抗議されるような覚えもなくて、俺は首を捻った。

「秀くんさ……私に、気を遣い過ぎっ」

けれど、そう言われると心当たりがなくもない。

「秀くん、長風呂派でしょ？　なのにさっき随分と早くに上がったのは、私を待たせないようにっていう気遣いからだよね？」

「子供の頃はそうだったけど、今は……」

「今も長風呂派であることは、秀くんちに確認済みー」

「……はい」

念のため用意しといた言い訳が速攻で潰されては、そう返すしかなかった。

つーか、実家に確認まで取ってるとか動きが早えな……。

「あと、わざわざ浴槽掃除してお湯を張り直してくれたよね？」

「……男の入った後の湯は嫌かと思いまして」

「秀くんだって、昔はそんなの全然気にしてなかったでしょ？　お泊りした時とかさ」

「…………はい」

だいぶ言いたいことはあったけど、一応事実ではあるので頷いておく。

「勿論、秀くんのそのお気遣いは嬉しいよ？　でもその上で、これから一緒に生活するに当たっての約束事にしたいんだけど」

言いながら、唯華は人差し指を立てた。

「過剰なお気遣い、禁止っ」

そして、それをズビシと俺の胸元へと突きつける。

過剰……だった、かなぁ……？

「私は、親友である秀くんとなら気楽にやっていけると思って秀くんとの結婚を決めたの。秀くんだってそうでしょ？　なのにお互い気を遣い過ぎちゃったら本末転倒じゃない」

「それは、まぁ……」

「とはいえ何が過剰で何がそうじゃないかっていうのも、お互いでラインが違うと思うから さ。こうやって都度擦り合わせていければと思うんだけど、どうかな？」

俺の心情を見透かしたかのような、唯華の提案。

「……わかったよ、そうしよう」

降参の意味合いを込めて、軽く手を上げる。

確かにお互い過剰に気を遣い合う同居生活は、息の詰まるものになりかねないだろう。

「それじゃまず、お風呂についてはお互いそのままの状態で相手と交代するってことで」

「……了解だ」

唯華の後に風呂に入ることを想像して妙な気分になりかけ、慌てて想像を打ち消した。

今度も、どうにか動揺は表に出なかったと思う。

「うん、話は以上だから。おやすみ、秀くん」

「あぁ、おやすみ」

満足げに頷いてから、唯華は軽く手を振って踵（きびす）を返した。

「……そういえば」

かと思えば、ふいに振り返ってくる。

「おやすみのキスは、しなくていい？」

人差し指でそっと唇に触れる唯華に、真っ直ぐ見つめられて。

「……ははっ、何言ってんだか」

どうにか、平静を装って返すことが出来たと思う……たぶん。

流石に、そう何度も動揺した姿は見せてやらない……どうにか、ギリだけど。

「ふふっ、なんてね」

果たして、唯華はまたイタズラっぽく笑った。

「それじゃ、おやすみ」

そして、今度こそ部屋を出ていく。

唯華が出ていって、パタンとドアが閉まると同時。

「あっ、ぶねぇ……！」

思わず、胸を押さえてそう漏らしてしまう。

食後の会話で、だいぶ昔みたいな距離感を取り戻せてはきたけれど……十年の時は、唯華を女性らしく成長させた。わかっていたつもりではあったけど……今日一日一緒に過ごしてみて、改めて実感した思いだ。

キスだの一緒にお風呂だのからかってくる時は妙に色っぽく見えちゃうし、パジャマ姿みたいな無防備な格好を見たら尚更……イカンイカン……煩悩退散！

さっき唯華が言った通り、唯華がこの結婚を決めたのは俺を『親友』と見込んでのことなんだから。おかげで俺も大いに助かったんだし、その信頼を裏切るわけにはいかない。

不埒な考えを抱かないよう、一層気を引き締めないとな……！

♥　♥　♥

「あっ……ぶなかったぁ……！」

自分の部屋に戻って、ドアを閉めた瞬間に思わず胸を押さえてそう漏らす。

「平気な顔……出来てた、よね？」

ドアをノックする前に、何度も深呼吸して心を落ち着けたし大丈夫……な、はず。でもパジャマ姿を秀くんに見られるっていうのは想定以上に恥ずかしくて、何度も身を捩りそうになっちゃった。さっきまで、ノリノリで「第二ボタンまで開けた方がセクシーだよねー」とか鏡の前で言ってたのに……話してる間、ずっと心臓がドキドキしてたよ……！

おやすみのキスのくだりも……ふと思いついたからやってみたけど、想像しちゃうと顔が真っ赤になっちゃうから、頭の中で般若心経を唱えて必死に誤魔化してたよね……！

でもその甲斐あって、秀くんは確かに動揺を見せてたと思う……ちょっとくらいは、秀くんもドキドキしてくれたはず。

「今はまだ、『親友』の距離でいい」

だけど……少しずつでも距離を縮めていって。

「いつかは……本当の『夫婦』に、なれるといいな」

そんな風に願う、私なのだった。

♠　♠　♠

「あとは、空気清浄機だけかな？」

「うん、それでリストは全消化だよ」

同居二日目、俺たちは大型家電量販店に来ていた。自立を促すって家の方針で俺は高一から一人暮らしをしてたんで、一応俺が使ってた家電類はあるものの。それはあくまでも一人用だし、諸々新たに買い揃える必要があった。

「あっ、見て見て秀くん！」

空気清浄機のコーナーに差し掛かったとこで、唯華が何かに気付いた様子で駆け出す。

「これ！　ダルマ型の空気清浄機！　凄くない⁉」

「ぶっふぉ⁉」

シャープなデザインの空気清浄機が並ぶ中で、デンと鎮座する明らかに異彩を放つ存在。見た瞬間、思わず吹き出してしまった。

「な、なんでダルマ型なんだよ……！」

「縁起物だからかな？」

「空気清浄機に縁起物要素いらないだろ……！」

笑いを堪えながらのツッコミは、声が震えてしまう。

「わっ、凄い！　最大適用床面積、三十畳！　空気中のカビやホコリを、五分で九十九％以上除去！　更に、スマホのアプリで外出先から操作も可能！　だって！」

「ふはっ、なんで無駄に高機能なんだよ……！」

「普通のやつより体積が大きいから、色々と組み込めたんじゃない？」

「お、おぅ……そう考えると、意外と合理的……なの、か……？」

一瞬「なるほどな？」と思ったけど、どうなんだろうな……。

「しかも、なんとこれ……」

唯華は声を潜め、何か重大事でも語るような口調でダルマ型空気清浄機に触れ……そっと、押した。傾いたダルマ型空気清浄機は……しかし、倒れることなく元の姿勢に戻る。

「倒れても、起き上がる」

「ふっ、くくっ……！　ダルマ要素強すぎだろ……！」

駄目だ、なんかツボに入っちまった……！

「ねぇ秀くん、これにしようよ！　私、ビビッときちゃった！」

「うん、なんかもう俺もそれしかない気がしてきたわ……今更、普通の空気清浄機じゃ満足出来ない身体(からだ)にされちまったわ……」

傍(かたわ)らに積まれたダンボール詰めのダルマ空気清浄機を抱え、レジへと向かう……途中。

「あら、同棲(どうせい)を始めるカップルかしら」

「初々しいわねぇ」

少し離れたところから俺たちを見ながらそんな会話を交わすマダムたちの声が漏れ聞こえてきて、なんとなく面映(おもはゆ)い気分になった。まぁ、確かに男女二人でこうしてたらそう見えるよな……実際、間違ってもいないわけだし。

……つーか。

「うん？　秀くん、どうかした？」

「や、なんでも」

唯華にはそう答えたけど、今日ずっと気になってる点はあった。

それは……。

「あの二人、なんか可愛いねー」

「えっ、あの子すっごい美人じゃない？」

「はーっ、俺も彼女欲しい……」

すげぇ人の視線を感じるな⁉ ってことである。

理由は明白、シンプルに唯華の容姿が人目を引くためだ。

ややダボッとしたプルオーバーのシャツにデニムパンツっていう割とラフな出で立ちだけど、それが逆に素材の良さを目立たせている。

「〜♪」

だけど当の唯華は鼻歌混じりで、全く周囲を気にした様子もない。

つまり、いつものことなんだろう。

一方の俺は、その隣を歩くというのは少し緊張するというか……唯華の名誉のためにも、「なんであんな男が」とか思われないように気持ち背筋を伸ばすのだった。

「あっ、そうだ」

と、何かを思い出したような表情の唯華。

「この後、スーパーにも寄っていい？」

「いいけど、なんで？」

「なんでって、食材を買うためだけど」

「……なんで？」

理由を聞いた上で、思わずもう一度尋ねてしまった。

「ふふっ、今日は私の手料理を振る舞ってあげるからっ」

と、力こぶを作ってみせる唯華。

「……そっか、期待してるよ」

そう言いつつも、俺は一応『覚悟』を決めることにした。

ぶっちゃけ、あの『ゆーくん』が豪快に料理してる姿なんかを想像してみると……うん……『普通に不味(まず)い』程度であることを祈ろう……。

♠　♠　♠

そして、数時間後。

「……マジかよ」

テーブルの上に並んだ品々を見て、俺は絶句していた。

山菜の和え物、豆腐と錦糸卵のお吸い物、筑前煮に天ぷらに茶碗蒸し、そして魚の煮付けと見事な料理が並んでいたためである。

「……えっ、お取り寄せした？」

「この流れで、そんなわけないでしょ」

「……だよな」

若干呆れ気味の唯華の返しに、ぼんやりと頷く。

作ってるところを見られるのはなんか恥ずかしいって唯華が言うもんだから調理過程は見てないんで、ワンチャンその可能性もなくはないかと思ったんだけど。

「さっ、食べよ食べよっ」

「あ、うん」

特に誇るでもない唯華は、これくらい出来て当然って感じだ。

『いただきます』

二人、声を揃えて手を合わせる。

それから、俺は恐る恐る山菜の和え物を箸で摘んで口に入れた。見た目だけは完璧だけど味が壊滅的っつーオチも一応考慮して、気持ち摘んだ量は少なめ。

「あっ、美味っ」

けれど思わずそんな声が漏れるくらいに美味しくて、完全に杞憂だった。

続いてお吸い物、筑前煮と順々にいただいていき……。

「うん、美味い。これも美味い。いや、美味いなっ⁉」

どれも上品な味付けながらしっかりと旨味は感じられる上に、皿同士が味を引き立て合っているようで食べれば食べる程に美味い。

「滅茶苦茶美味いよ、唯華！」

箸が止まらないけど、合間でもう一度感想を口にする。

言うて俺もまぁ所謂お坊ちゃんなわけで、実家はそれなりに美食環境にあった。

けど、唯華の料理はそれに勝るとも劣らないものに思える。

いや、そこらのスーパーで買った食材がこんなに美味しくなることとかある？

「ふふっ、そう言ってもらえると嬉しいな……十年の修業の甲斐があったよ」

「えっ、十年？」

微笑む唯華の言葉に、素で疑問の声が漏れる。

「んんっ……！　というのは、勿論冗談でぇ！」

咳払いする唯華の笑みは、若干ぎこちなく見えた。

「ふふっ、やだなぁ秀くん。十年後の結婚を見越して八歳の頃から料理の修業を開始するとか、そんな重い女なんているはずないじゃない」

「それはまぁそうだろうけど……」

「……うん」

あれ……？　なぜか、若干落ち込んだ雰囲気に見えるような……？

「ともあれ！」

かと思えば、表情を改めてパンと手を叩く。

「ほら、お見合いで結婚も決まったことだし？　ちょーっと花嫁修業でもするかなーってお料理を習った結果かな」

「そんな短期間でここまでの腕前になるって、天才かよ……」

正直、八歳の頃から修業してたって方がまだリアリティがあるけど……まぁ、実際のところありえないよな……。

「唯華、将来は何かしら料理に関わる仕事に就くべきなんじゃないか？　料理の道に進まないの、料理界にとっての損失じゃない？」

「もう、大げさなんだから」

「割とマジで言ってるんだが……」

というか、料理界を背負って立つ唯華の姿を幻視したまである。

「それに……私のお料理は、秀くんに食べてもらえればそれでいいんだからっ」

「っ……」

ま、まぁその、俺たちの結婚生活に当たって習得してくれたわけだしな。

他に披露するような機会もないって意味だろう……たぶん。

「あ、ありがとな……」

とはいえ動揺は大きくて、そう返すのが精一杯だった。

♥　♥　♥

ふふっ……良かった、秀くんに美味しいって言ってもらえて。

八歳の頃からガッツリ修業してきた甲斐があったってもんだよねっ。

「んんっ……？　ところで今気付いたけど、なんかこれ全部俺好みの味付けっつーか……実家の味に似てるような……？」

「そう？　秀くんのこと考えながら作ったから、自然とそうなったのかもね」

「天才かよ……」

まぁ実際のところは、秀くんちの味付けをガッツリ真似てるからなんだけど。お義母様からレシピをゲット出来たのが大きかったよね。

「ほら、煮付けも良い感じに仕上がってると思うから食べてみてっ？」

「あぁ、いただくよ……んんっ！　これも、美味い！　って俺、さっきから美味いしか言ってないな……具体的に言うと……」

「ふふっ、いいよそんなの。食レポじゃないんだから」

秀くんの表情を見れば、本当に美味しいと思ってくれてることがわかるしね。

「それより、沢山食べてくれると嬉しいな」

「おう、任せろ！」

美味しそうにモリモリと食べ進めていってくれる秀くんを見てると、胸に嬉しさが広がって……同時に、ちょっと思う。

まずは胃袋……摑めそうじゃないっ？

第3章　繋がる、新たな友人達

「くぁ……」

「あふ……」

あくび混じりに自室を出ると、同時に出てきた唯華とちょうどあくびが重なった。

「ふふっ」

「ははっ」

それがなんだかおかしくて、二人笑い合う。

「おはよー」

「おはよう」

こうして朝の挨拶を交わすのにも、流石に慣れてきた。お互い、寝起きっていう油断した姿を晒すのにも。尤も……パジャマ姿の無防備な唯華の格好には、未だにちょっとドキリとしてしまうけれど。

「秀くん、今日何枚？」

「んー、一枚で良いや」

腹具合から、食パンの枚数を返答する。

「はーい、私も今日は一枚で良いかなー」

なんて言いながらトースターに食パンをセットした後、唯華は続いて冷蔵庫から卵を取り出してスクランブルエッグを調理し始める。

その隣で、俺はサラダの盛り付け。明確に役割分担を決めたわけじゃないけど、数日過ごしているうちに何となくこんな動きに落ち着いていた。

「さて……今日から登校なわけだが」

手を動かしながら、俺は考えていた件を切り出す。

昨日で春休みも終了。

通学時間とか諸々を考慮し、唯華もウチの高校に転入してくる手筈になっている。

「一応聞くけど、俺たちの関係は学校では伏せるってことでいいよな？」

「そうだねー」

念のため確認すると、唯華は軽い調子で頷いた。

「何しろ、近衛と烏丸の縁談だもんねー」

「変なタイミングで情報が漏れるとシャレにならんよな……」

両家色んな柵があるわけで、公表時期は慎重に見極める必要がある。

「家を出るのも別々にした方がいいよな……どこに人の目があるかわからんし。とりあえず今日は、唯華が先で良いか？　職員室への挨拶とか、早めに行った方がいいだろ？」

「お気遣いありがと。それじゃ、そうさせてもらうね」

こうして、学校での方針は特に揉めることもなくサクッと決まった。

「……ところで、秀くん」

それから、ふと。唯華は、なぜか神妙な表情をこちらに向けてくる。

「やっぱり今でも、他人は受け入れられない？」

……唯華との出会いが出会いだ。

俺の学生生活に、察するものがあるんだろう。

「あの頃より更に拗らせてるよ。おかげで、友人の一人もいない立派なぼっちだ」

俺は、苦笑しながら肩をすくめてみせた。

「そっか……じゃあ」

唯華は、コクンと頷いてから微笑んで。

「私と、友達になろう！」

いつかと同じ言葉を、口にした。

♠　♠　♠

そして、約一時間後。

「ねぇ、烏丸さんってあの烏丸の？」

「前の学校って、どこなんですかー？」

「一度パーティーでお会いしたことあるんですが、覚えてらっしゃいます？」

「部活やってた？　良ければ、軽音楽部どう？」

朝のHR終了後、唯華は早速級友たちに囲まれていた。

我が校では二年進級の際に文理で分かれて以降、三年進級時にはクラス替えがない。唯一の新顔に、興味津々ってところだろう。まぁ、一部は単なる興味だけじゃなく何かしら腹に抱えてそうだが……そういうのも、唯華は上手く捌いているように見えた。

お見合いでの大人びた姿とも家で見るラフな格好とも違う印象で、こうして制服姿で同じ教室内にいるというのはなんとも不思議な感覚だ。

にしても……俺と同じクラス、しかも前後の席っていうのは、たまたまなのか何かしらの意向が働いているのか……。

「ねぇ、近衛くん……だったよね？」

なんて思っていたところに、唯華が振り返ってくる。

同時に、唯華を取り囲んでいる皆が「あっ、やべ……」的な空気感になった。

何も知らない転校生が、俺に拒絶されて傷付くのを恐れてのことだろう。

「私、クラスの皆さん全員とお友達になりたいと思ってるの」

一方の唯華は、綺麗な微笑みを俺へと向ける。

「だから、近衛くんも仲良くしてくれると嬉しいのだけれど……いいかな？」

さて……ちょっと匙加減が難しいが……。

「……あぁ、よろしく」

仏頂面のままそう返すと、周囲がちょっとザワついた。

友達になろう、と言った唯華の真意。それは、学校では友人同士として振る舞おうってことだった。俺としては学校で唯華と接点を持つのはリスクになると思ってたんだけど、むしろ全く接点がない方がリスクだっていうのが唯華の主張だ。

確かに、唯華と一緒に出かける機会も多いわけで。完全に他人同士だと思われている二人が一緒にいるのを目撃されれば色々勘繰られるだろうが、普段から友人関係として振る舞っていればいくらか言い訳も作りやすいだろう。

問題は、俺に友人が出来るという設定自体が不自然だって点だけど……。

「近衛がデレた……？」

「近衛くん、美人に弱い説……？　いや、それはだいぶ前に否定されてたよな……」

「流石の近衛さんも、烏丸家との関係は気にせざるを得ないということでは？」

「あー、ね？」

「上流階級の方も色々大変だなぁ……。」

どうやら、最終的にそんな風に納得されたらしい。概ね計算通りである。

つーか俺だって流石に、単なる「友達になりましょう」って誘いを突っぱねる程に尖っちゃいな……いや、割と最近似たような状況で突っぱねてましたね……。

♥　♥　♥

その日の夜、自宅にて。

「上手くいって良かったねー」

「とりあえず初手は及第点ってところか……？」

私は小さく笑って、秀くんは苦笑を浮かべる。

「しかし、問題はここからだ」

それから、秀くんは悩ましげな表情になった。

「学校で友達と過ごすって、具体的にどうすればいいんだ……？」

「あはは……」

本人は真剣なんだろうけど、思わず苦笑が漏れる。

「別に、そんな気負うことじゃないと思うよ？　時々雑談するとか、一緒に教室を移動するとか、ご飯を一緒に食べるとか……そんな程度でさ」

「なるほどな」

素直に頷く秀くんは、本当に『友達との過ごし方』っていうのがわかってないようで。

これまでの秀くんの学生生活を思うと、胸が苦しくなってくる。

秀くんとの友人設定について、実は秀くんに説明したのは理由の半分だけ。もう半分は、学校で秀くんが一人ぼっちで過ごしている姿なんて見ていたくなかったから。

きっと秀くんは、そんなのなんでもないって言うんだろうけど……本人は、本心からそう思ってるんだろうけど……単純に、私が嫌なの。

あと……私が学校でも一緒にいるための言い訳作りって理由も、なくはないけどね？

「残り一年の高校生活、エンジョイしようねっ」

「えっ……？」

私の言葉に、秀くんは初めて聞いた言語を耳にしたみたいに固まっちゃった。

きっと秀くんは、学校っていうのを楽しむ場として認識してなかったんだろうと思う。

だけど……驚き顔が、ゆっくりと笑みを形作っていって。

「あぁ、そうだな」

そう言って、頷いてくれた。

私が、秀くんの高校生活を彩ってあげる……なんて、自惚れるつもりはないけれど。秀くんにとって、最後の一年が良い思い出として刻まれれば良いなって思う。

「っと……そろそろ風呂の準備してくるわ」

と、秀くんは少し照れくさそうに早口で言ってリビングを出ていく。

「……あっ、そういえば」

ちょうどそのタイミングで、思い出したことがあった。

アレについて、まだ秀くんに話してなかったっけ……まぁ、別に今度でいっか。

♠　♠　♠

唯華が転入してきて、数日。

「それじゃ、またね」

「うん、また明日ー」

「ばいばいでーす」

クラスの女子たちと手を振り合った後、唯華が教室を出ていく。

当然ながら下校も俺とは別々にしているので、普段なら俺はこの後どこかで適当に時間を潰して唯華とは別のルートで帰るわけだけど……。

「…………」

明らかに唯華が教室を出たのを見てから立ち上がった男子の存在が、引っかかった。

今回だけなら、そういうこともあるだろうって流す。というか、これまでは流してきた。けど、彼……竹内瑛太くんは、唯華が転入してきて以来そんな行動を繰り返している。

勿論、偶然って可能性もあるだろうけど……念のため、確かめておくか。

♠　♠　♠

学校を出た後も、竹内くんは一定の距離を保ったまま唯華と同じルートを歩いていく。

家が同じ方向なら、不思議ではない……が。とりあえず、まずは話しかけてみて……。

「よいっす近衛くーん、どうしたどうした？」

「おっと」

と思っていたら、角を曲がったところで待ち構えられていた。

口調はやたらフレンドリーながら、目には俺への警戒心が宿って見える。

「オレなんか付け回しても、なーんも楽しことなくなーい？」

しかし、いきなりこういう発言ってことは……『当たり』を引いちゃったか？

「そう言う君は、烏丸さんを付け回すのが楽しくてやってるのかい？」

「んふっ」

皮肉混じりに尋ねると、竹内くんはニコリと笑い……それから、表情を消した。

「オレが何しようと、君には関係ないだろ？」

と、顔を近づけ凄んでくるので。

「関係ないかどうかは、俺が決めるさ」

こっちも、少し強めな態度で応じることにする。彼は何か武術を嗜んでるらしく、鍛えてる人特有の圧力を感じるけれど……この程度で、一歩も引くつもりはなかった。

「へぇ？」

そんな俺を見て、竹内くんはどこか面白そうに鼻を鳴らした。

「言っとくけどオレ、割と家のジジョーとか無視してやっちゃうタイプよ？　後でお父さんお母さんに泣きついてもいいけどさ」

「んなダサい真似するかよ」

つーか、こんなので家を頼ったりしたら勘当モンだわ。

「………………」

「………………」

正面きって睨み合う。

俺も小さい頃から護身術の類は習っており、腕にはそれなりに自信がある。とはいえ向こうから手を出してこない限り、俺の方から暴力沙汰にするつもりもないが……さて。

「……ぷっ、ははっ！」

なんて思っていると、突然竹内くんが吹き出した。

「いやぁ、ごめんごめん！　ちょっと悪ふざけが過ぎちゃったね！」

そうして破顔すると、さっきまでの態度が幻だったかのように友好的な雰囲気だ。

「唯華ちゃんの『お相手』がどんな人なのか、ちょっと試してみたくなっちゃっ……」

「ちょちょちょぃっ……！」

軽い調子で重要情報を漏らそうとする彼の口を、慌てて塞ぐ。

「君は、知ってるのか？」

短く確認すると、竹内くんはコクンと頷いた。それで、大体の疑問は氷解する。

「そうか……そういや竹内っていえば、烏丸ゆかりの家だもんな……」

遅まきながら、その関係性も思い出した。俺としたことが、こんな初歩的な情報を忘れていたとは……唯華のことだからって、視野が狭くなってた……か……？

「へぇ？　オレの名前、知ってくれてたんだ？」

「クラスメイトなんだから、そりゃ名前くらい知ってるさ」

「関わらない、関わらせない、が信条で有名な一匹狼さんとは思えない台詞だねー。てっきり、他人に全く興味がないタイプなのかと思ってたよ」

「そんな信条を掲げた覚えもなければ、別に他人に興味がないわけでもないけど……」

つーか、俺の話はどうでもいい。

「確認だけど、君はつまり唯華のボディガード的な役割ってことでいいのかな？」

「そっすー」

確認すると、竹内くんは軽い調子で敬礼のポーズ。

「向こうの学校じゃウチのお姉ちゃんがボディガード役やってたんだけど、唯華ちゃんが転入してくるクラスにたまたまオレが在籍してたんで？　今回、白羽の矢が立った的な？まっ、可愛い女子を見守る大義名分が出来たと思えば役得かもねー」

「ごめん、てっきりその……」

「唯華ちゃんのストーカー的なアレかと？」

「まぁ……」

うーん、これは恥ずかしい空回りをしちゃったようだ……。

「にしても、秀ちゃん」

「秀ちゃん……？」

いきなりラフな呼び方になったもんで、思わず眉根を寄せてしまった。

「あっ、そう呼んじゃ駄目？　オレ、友達のことはあだ名で呼ぶタイプでさー」

「別にいいけど……」

いつの間に友達認定されたんだろう……何かのイベント、スキップしちゃった……？

「サンキュー秀ちゃん！　オレのことは、気軽に竹内殿とでも呼んでくれ！」

「むしろ気軽さが遠ざかったんだが」

「ははっ、冗談冗談。仲良いヤツからは、エイちゃんとかエイやんとか呼ばれてるよ」

「……じゃあ、瑛太って呼ぶな」

「おっ、あえてストレートに呼び捨てすることでチャラい友情関係じゃないぜアピール
……つまり、親友認定ということだね？」

「ということではないけども」

単純に、この男をあだ名で呼ぶのになんか抵抗があっただけである。

「それより、ごめん。遮っちゃったけど、何か言いかけてなかったか？」

「あぁ、そうそう」

話を戻すと、竹内くん……もとい、瑛太はポンと手を打った。

「秀ちゃん、よくオレが唯華ちゃんをつけてるって気付いたねー？　極力人の視線が外れたタイミングで動いてたつもりだし、よっぽど唯華ちゃんを……あぁ」

言葉の途中で、瑛太はなぜか一人で納得したような表情となった。

「つまり秀ちゃんは、常に唯華ちゃんのことを見守ってるってわけだ」

そして、ニマリと笑う。

「別に、常にってわけじゃ……君の動きに気付いたのも、たまたまだよ」

まぁ、実際にはついつい目で追ってしまっていることが多いわけなんだけど……。

それを認めるのは妙に恥ずかしくて、そんな言い訳を口にする。

「ふーん？　なるほどねー？」

が、ニヤニヤ笑う瑛太には見抜かれていることだろう。

……うん、まぁ、ていうか。

さっきから思ってることなんだけど……。

「ほんじゃ、こっからは秀ちゃんも一緒に唯華ちゃんのボディガードしちゃう？」

「や、ここは専門家に任せ……」

「まーまー、そう言わずに！　一緒に行こう！　是非ともどうぞ！　今なら、あんパンもあげちゃうから！　俺の食べかけだけど！」

「あんパンは普通にいらないけど、なんでちょっと必死な感じなんだよ……」

「護衛中、めっちゃ暇なんよー。スマホとかイジるわけにもいかんしさー。事情を知ってる話し相手とか、マジ待ち望んだ存在だと言っていいよね！」

「ぶっちゃけたな……」

この男、距離感の詰め方がえげつないな……!?

♠　♠　♠

「ということがあったんだよ」

その夜、一連の出来事を唯華に話すと。

「ふっ、あはははははははっ！」

何やらツボに入ったらしく、バカウケだった。

「あっはは……！　……いやぁ、ごめんね笑っちゃって。なんか、瑛太とのやり取りのくだりが変にツボに入っちゃって」

そう言いながら、笑い過ぎによって目の端に浮かんでいた涙を指で拭う。

「それと……ありがとね、私のこと守ってくれて」

それから、今度は嬉しそうに微笑んだ。

「まぁ、実際には唯華を守ってくれてる人に無駄に絡んでしまっただけなんだが……」

「私のことを守ろうとしての行動だったのに変わりはないでしょ？　それが、嬉しいの」

なんつーか……勘違いに対して感謝されると、更に恥ずかしい気分になるな……。

「ていうか、ごめん。瑛太のこと情報共有しとこうと思ってたのに、すっかり忘れてた」

「まぁ、結果的に情報は共有されたしいいんじゃないか？」

軽く苦笑が漏れる。

とそこで、ふと唯華が表情を改めた。

「……ところでさ。秀くん、今後の瑛太との付き合い方はどうするつもり？」

うーん……一方的にとはいえ、友達認定されちゃったしな……。

「まぁ、普通に接するつもりだよ……友達として」

ぶっちゃけ、どう接して良いのかは未だによくわかってないけれど。

「そっか」

俺の返答に、唯華はまた嬉しそうに微笑む。

「うん、秀くんにも一人くらいはそういう相手がいた方がいいと思うよ」

「……かもな」

瑛太には他人に興味がないとか誤解されてたみたいだけど、別にそういうわけじゃない。

腹に一物抱えてる奴とそうでない奴の判別が面倒で、一律で遠ざけているだけである。

「瑛太なら信頼出来るし、秀くんを利用して何か企むとかも絶対ないって保証するから」

「烏丸家のお墨付きがあるなら心強い」

だから、裏がないってわかってる人間まで遠ざけるつもりはない。

「うん、ていうかね。本人がすっごい馬鹿だから、そんな謀略なんて考えもつかないの」

「お、おう……」

思っていたのとちょっと信頼の理由が違った……。

「あっ、でもね？　勿論、良いところもあるんだよ？　チャラく見えて職務には忠実だし、一度友達だと認めた相手にならどれだけ力を貸すのも惜しまない義理堅いところもあるの。あと、態度は軽いけど根は素直っていうか真面目だったりするんだよねー」

「……へぇ」

んんっ、なんだろうな……。

唯華が瑛太のことを褒めるのを聞いてると、なんか妙に胸がザワザワするような……？

♥　♥　♥

「……随分と、瑛太について詳しいんだな」

「うん？　うんまぁ、昔から家同士で交流が深かったから。よく知らない相手にボディガードしてもらうのも、なんだか不安でしょ？」

「……確かにな」

「瑛太の家は道場をやってて、瑛太も小さい頃から鍛えられててね。あぁ見えて割と努力家で、今じゃ結構な腕前だよ。ボディガードとしても、信頼出来るから」

「……なるほどな」

「……秀くん？」

そんな会話を交わしながらも、ちょっと違和感を覚える。

秀くん……なんだか、微妙に機嫌が悪そうに見えるような……？

新しく友達になった相手が良い人なのに越したことはないと思うけど……。

「あっ……秀くん……もしかして」

とそこで一つの可能性に気付き、思わず口元がニヤけちゃうのが抑えられない。

「瑛太を相手に、嫉妬……しちゃってる？」

「……えっ？」

私の指摘に、秀くんはそんなこと思ってもみなかったって反応。

ありゃ、これはハズレだったかな……？

「いや、そんなこと……」

たぶん否定しようとしたんだろう秀くんの言葉は、途中で止まった。

「……あれ？」

それから、何かを思い出すように首を捻って。

「っ……！」

何かに気付いた様子を見せた瞬間、秀くんの顔が真っ赤に染まった。

秀くんは、思わずって感じでそんな顔を片手で覆う。

「悪い……なんか、そうっぽいわ」

どうやら、自分でも今の今まで気付いてなかったっぽいね。

「ふふっ、別に謝るようなことじゃないよ」

それどころか、本当は……とっても嬉しい、って思ってるんだから。

「安心してよ」

だけど、それを直接伝えるにはまだ勇気が足りなくて。

「私の一番の親友は、いつだって……いつまでも、秀くんだから」

あくまで、そのスタンスを貫く。

「……ありがとよ」

「ふふっ」

ますます赤くなっていく秀くんがなんだか可愛くて、思わず笑っちゃった。

「……そういや、友人といえば」

それから、秀くんは気を取り直したように話題を変える。

「唯華の方も、高橋(たかはし)さんと上手(うま)くやってるみたいじゃん」

「あー……高橋さんねー……」

その名前が出て、思わず苦笑が漏れた。

「そうだね、上手くやってはいるよ……ちょーっと、大変だけどね？」

「ははっ……」

私の言葉に、同意なのか秀くんも乾いた笑みを漏らした。

♠　♠　♠
♠　♠　♠

「ねぇねぇ烏丸さん、烏丸さんって彼氏いるのっ？」

「いないよー」

クラスメイトからの質問に、唯華が軽い調子で答える。

「おっ、じゃあ俺が立候補しちゃおうかな！」

「馬鹿、お前じゃ釣り合わねぇっての」

「身の程を知れ」

「雑魚が」

「そこまで言う⁉」

「ふふっ」

おちゃらけた男子たちのやり取りに、唯華はクスクスと笑っていた。ぼっちの俺とは違って唯華は社交的で、転校数日で男女問わず多くの友人を得ている……と。当初は、そう思ってたんだけど。今は、その認識を少し改めている。

「烏丸さん、駅前に新しくカフェ出来たの知ってる？」

「うん、昨日オープンだっけ？」

「そうそう！　良かったら、今日の放課後とか行ってみない？　あそこの経営、私んちがやってるからさ。特別なメニューとかも出せちゃうよ！」

「あー……ごめんね？　ウチ、結構厳し目で。寄り道とかあんまり出来ないの」

「そっかー……まぁそうだよねー、残ねーん」

唯華は、明らかに周囲に『壁』を作っていた。本当の内側には踏み込ませない。その笑顔も、家で見せるものに比べるとどこか空虚に見える。それは、たぶん……。

「まー、唯華ちゃんも秀ちゃんと似たようなもんだから」

俺の隣の席に腰掛けた瑛太が、小声でそんなことを囁いてきた。

「……何のことだ？」

あの日以来なぜかそこを定位置として親しげに話しかけてくる瑛太へと、小声で返す。

「いやぁ、社交的に見えて壁作ってるっぽいよなー、って目で見てたからさ」

「ナチュラルに人の心を読むなよ……」

「にしても秀ちゃんの視線は、今日も愛しの……」

「よりにもよって教室で何を口にしようとしてんだ……⁉」

慌てて瑛太の口を押さえる。そんな様が仲良く接してるように見えるのか、最初の頃はクラスの皆さんが幽霊でも見るような目で俺たちのことを見てきたもんだけど。今となってはすっかり慣れっこで、特に注目されることもなかった。

それはそうと……瑛太の言ったことは、想像に難くない。近衛家同様、烏丸家も言ってしまえば『利用価値』がある家だ。似たようなことは、どこでも繰り返されているんだろう。結果、俺が選んだのは人を完全に遠ざける道で、唯華が選んだのは程々の距離感で捌くって道。そういうことなんだろう。

……とはいえ、何事にも例外ってものはあって。

「唯華さーん！　ヘールプ！」

「おぐふっ⁉」

走ってきた女子が唯華の腹部にタックルをぶちかまし、唯華の口から呻き声が漏れた。

「助けてください唯華さん！　お母さんが、今度の中間テストで赤点一つでも取ったらおこづかい半分にするって言うんですよ〜！」

「そ、それはいいんだけど、どうして私は今タックルされたの……？」

「頼み事をする前に、とりあえずハグで好感度を稼いでおこうと思いまして！」

「うん、ダメージは稼げたかな……」

微苦笑を浮かべる唯華は、完全に素の表情である。

そんな唯華に抱きついている彼女の名は、高橋陽菜（ひな）さん。ほとんどが小学校からエスカレーターで上がってくるウチの学校ではレアな高等部からの外部受験組で、いわゆる一般家庭の娘さんである。俺とは、一年からずっと同じクラスだ……今まで一回も話したことないけど。倍率の高い外部受験を乗り越えてきただけあり、成績は優秀……だった。

「転入試験で満点近い得点を叩（たた）き出したという才媛のお力を、どうぞお貸しください！」

「高橋さんだって、首席合格だったって聞いてるけど……」

「そんなものは過去の栄光です！　私は、今を生きているのです！」

「普通、その言葉はもっと前向きな場面で使うんじゃないかな……ていうか、成績ってそんな急激に落ちるものなの……？」

「いえいえ、勿論これまでの積み重ねですとも！　私、ここ二年は勉強サボりまくってましたから！　えっへん！」

「胸を張って言うようなことかな……？」

「一度しか無い高校生活、全力で遊びを優先してきたことに後悔はありません！」

まぁ、そういう感じらしい。

「わかったわかった、それじゃ勉強会でもしよっか」

「はぁっ！　唯華さん大好きですぅ！」

全く物怖じしないこともあってか、唯華の壁も彼女に対してはほとんど存在していないように見えた。どうも高橋さんは怖いもの知らずというか大胆というか、割と人間関係に繊細な『事情』が絡んでくるウチの学校にあって誰にでも変わらずこういう態度だ。家を重んじる系の人たちからは煙たがられてるっぽいけど、この学校じゃ希少なその態度を好ましく思う人も多いのだとか。それも、彼女の明るい人柄ゆえだろう。

「ちなみに私、二年生の前半辺りからだいぶ理解が怪しいのでよろしくお願いします！　ぶっちゃけ三年進級はほぼ運ゲーでした！」

「ははっ……ちゃんと自己分析出来てるのは良いことだよね……」

……なんかアホっぽいから許されている、という説もあるとかないとか。

「あっ、そうだ！　近衛くんに竹内くん！」

「んぉっ……!?」

若干失礼なことを考えていたとこで話しかけられて、思わず変な声が出た。

「せっかくですし、お二人も一緒に勉強会どうですかっ？」

『えっ……？』

突然のお誘いに、俺と瑛太の声が重なる。

「えっ、っと……」

「どうして急に、オレたちもって話になったのかな？」

流石の瑛太も、だいぶ戸惑い気味に見えた。

「え？　だって、お二人とも唯華さんのお友達ですよね？」

一方、高橋さんの口調は当然とばかりのもの。

さては、この人……『友達の友達は友達』理論の使い手か……!?

「ふふっ」

チラリと視線を向けると、唯華は小さく笑うのみ。どうするかは俺に任せる、ってことだろう。さて、それじゃあ……。

「……わかった、俺も参加させてもらうよ」

「んお？　そういう流れなら、オレも行っちゃおっかなー」

「はいー！」

俺たちの参加表明に、高橋さんは嬉しそうに頷く。

「あっ、そういえば！」

かと思えば、何かを思い出したように手を打った。

「確か近衛くんって、一人暮らしでしたよね？」

「うん？　うん、まぁ……」

以前どっかでうっかり漏らしてしまったせいで、俺が一人暮らしっていう情報は割と知れ渡っている……らしい。まぁ、今となっちゃその状況自体が変わってるわけだけど。

「いいですねぇ一人暮らし！　私、大学からは一人暮らししようと思ってましてぇ！」

「そ、そうなんだ……」

「一人暮らしって、どんな感じですかっ？　やっぱり色々と大変ですかねっ？」

「まぁ最初は大変だったけど、慣れるとそこまででもないかな……」

「なるほど！　勉学と同じということですね！」

「高橋さんは現在進行系で、勉学で大変なことになってるんじゃなかった……？」

「とういうわけで！　もしよければなんですけど……勉強会、近衛くんのお宅で開催させていただくことって出来ませんかっ？　実際に一人暮らしのお部屋を見てみたくて！」

……いや、あの、ちょっと待ってくれ。

この人、瑛太以上に距離感の詰め方がエゲつないな⁉

俺と高橋さん、今日が初会話だよね……⁉　俺、記憶の一部失ったりしてる……⁉

『お、おう……』

唯華、瑛太ときて俺の周りに人がいるのにも慣れてきた感があるクラスメイトの皆さんも、初手このコミュニケーションには流石にビックリしちゃってる様子である。こういうとこが逆に、企みとは無縁に思えて唯華も心を許しやすいんだろうとは思うけども……。

「あー……っと」

さて、どう言って断るか。今はもう一人暮らしじゃないから……っていうのが事実に即した返答なんだけど、本当のことを言うわけにもいかないしなぁ……。

「いいんじゃない？　近衛くんのおウチ、私も見てみたいなー」

「っ!?」

返答に迷っていたら唯華から思わぬキラーパスが飛んできて、思わずガン見してしまった。唯華はニコリと綺麗な笑みを浮かべているけど、その中にはイタズラっぽい雰囲気も垣間見える。

ウチに招けってことか……？　ったく、しゃぁねぇなぁ……。

「……わかったよ、じゃあウチでやろうか」

「やったー！　ありがとうございまーす！」

苦笑気味に頷いて返すと、高橋さんは両手を挙げて喜びを示した。

――秀くんにも一人くらいはそういう相手がいた方がいいと思うよ
唯華は、俺にそう言ってくれたけれど。

俺としては、唯華にもそういう存在がいてくれればと願っていて……高橋さんがそうなってくれればと、彼女との友好を深めるのに少しは協力しようと思ったのだった。

「当日は、現地集合でいいですかねー？」

「高橋さんが俺んちの位置を把握してるならそれでいいけどね……」

「駅前の坂を下ったとこにある、コンフォートシンタニの二〇三号室ですよね？」

「逆になんで知ってんの⁉」

「学内じゃ割と有名ですよ？」

「俺の個人情報……！」

いやまぁ学校の近くに住んでたわけで、目撃されててもおかしくはないんだけど……。

「とはいえ、そこからはもう引っ越してるんだけどね……」

「あっ、やっぱり住所バレはアウトだったんです？　私、お金持ちの人は住所が皆に広まってても堂々としてるものなんだなーって感心してたんですけど」

「いや住所バレしたから引っ越したわけじゃないっていうか、住所バレは今知ったんだけど……実家ならともかく、一人暮らしの住所が広まってるのは普通に恐怖だわ……」

「えっ……？　お金持ちの人って……恐怖を感じるん、ですか……？」

「逆に、なんで感じないと思ったの……？」

「全ての事象をお金で解決出来るから、怖いものなんてないのかなーと」

「世の中には、お金じゃどうにもならないこともあるからね……」

「知れ渡ってしまった個人情報をみんなの脳内から消すこと、とかですか？」

「まさにそうだねぇ……！」

ホント、唯華と一緒に住んでるってことはバレないよう気をつけないとな……！

「さて……始めるか」

「おーっ」

キュッとビニール手袋を装着しながら言う俺に、唯華が手を挙げて賛同を示す。

明日は、高橋さんを招いての勉強会。

ここを『一人暮らし』の部屋に見せるため、色々と片付けねばならない。

しっかし、なんで唯華はこんな状況を望んだんだろうな……？　聞いてみても「秀くんの驚く顔が見たくて」ってイタズラっぽく笑うだけだったけど……俺には、何か裏の意図があるように思えてならなかった。

とはいえ唯華に言う気がなさそうな以上、今はあんまり考えても仕方ないだろう。

「んじゃ、唯華は自分の私物を自分の部屋へ。俺は、『これ』やるから」

「いいけど……」

粘着式クリーナーを掲げて見せると、唯華は軽く首を捻る。

「普段から割とこまめに掃除してるし、別に全然綺麗じゃない？」

「いや、例えば……」

俺はソファに目を凝らし……そこに付いていた髪の毛を一本、手にとった。

「ほら、これ」

やや茶味がかった長いそれは、一目で唯華のものとわかる。

「こういう痕跡も、徹底的に消しとかないとな」

「高橋さん、そんな細かいところまで気にするかな……？」

「万一ってことがあるからさ」

「まぁ、それで秀くんの気が済むなら良いけど」

軽く苦笑する唯華。

それから、俺たちはそれぞれの作業を開始した。

唯華はリビングの私物を集めて回り、俺はひたすらにコロコロを転がす。

「…………」

ひたすらにコロコロを転がす。

「…………」

ひたすらにコロコロを転がす。

「…………」

ひたすらにコロコロを転がす。

「…………」

……うん。こだわってるのは、他ならぬ俺自身ではあるものの。

いかんせん……地味！

流石に、ちょっと退屈になってきたな……なんて、思い始めた頃だった。

「ボクらの友情はー♪　永久不滅ー♪」

唯華が口ずさむ歌が聞こえてくる。昔、二人で見てたアニメの主題歌だ。

『ボクとキミが揃ったなら、絶対無敵ー♪』

俺も、唯華に合わせて口ずさむ。

十年ぶりだけど、口が覚えてるみたいでスムーズに歌詞も出てきた。

チラッと唯華に目を向けると、微笑む彼女と目が合って……俺も、小さく笑った。

『どんな敵でもかかってこーい♪』

あぁ……思い出してきた。昔、ゆーくんと遊んで泥んこになった罰としてよく庭の草むしりとかさせられたんだけど。いっつも、ゆーくんも手伝ってくれて。退屈な草むしりだって、こうやって一緒に歌いながらやったらあっという間に感じたなぁ……。

『ボクらは』

「いつで、もー？」

……ん？　急に唯華の歌が止まったせいで、最後の音調が狂った。

「……ねぇ、秀くん」

「うん？」

やけに低い声で呼びかけられた気がして、何気なく振り返る。

すると唯華は、ちょうど自分の部屋から戻ってきたところだったらしく。

「これ」

なぜか能面のような無表情で、何か……髪の毛？　を、俺の方へと掲げて見せていた。

「誰の髪なのかな？」

「はいっ⁉」

全く予想もしてなかった展開に、思わず声が裏返る。誰のって……いや、誰のだよ⁉

明るいブラウンの髪は、長さ的に恐らくは女性のもの……だとは思うけど……。

「おかしいよねー？　越してきてから、まだ私たちと引っ越し業者さんしか足を踏み入れてないはずなのに。まさか秀くん、私がいない間を狙って……」

「ちょ、ちょっと待って！　マジのガチで心当たりがないんだが⁉」

引っ越しの業者さんは短髪の男の人ばっかだったし、ホントに混入経路どこよ⁉

「え、えーと、可能性としては……えー、なんだろな……⁉」

「……ぷっ、ははっ」

焦って頭をフル回転させていると、突如唯華が破顔した。

さっきまでの能面っぷりが、まるで幻だったみたいだ。

「なんちゃってね、冗談だよ」

「お、おぅ……何が……？」

「たぶんこれ、高橋さんの髪だと思う。こないだタックルされた時に、制服についちゃってたみたい。さっき発見して、ちょっとしたイタズラを思いついたってわけ」

「心臓に悪い冗談はやめてくれよ……」

「ごめんごめん、そんなに焦るなんて思わなくてさ。事実無根なんだし、もっとドッシリ構えてたらいいのに」

「そうは言ってもだなぁ……」

ぶっちゃけ、さっきの唯華なんか怖かったし……。

「それに、安心してよ」

クスリと笑いながら、唯華は肩をすくめた。

「私は、重さとは無縁の女。浮気の一度や二度くらいは寛容に……」

「ねぇよ」

これも冗談なんだろうと、笑いながら切って捨てる。

「俺には唯華だけだ。そこは、今後一生変わらないって誓える」

流石に口にするのは、少し恥ずかしかったけど……これは、本心からの言葉だった。

名目上だけの婚姻関係だろうと、唯華を裏切るような真似（まね）なんて絶対にしない。

一方の唯華は、驚いたように目をパチクリと瞬かせて……。

「ふふっ……良き心がけ、褒めてつかわすっ」

そう言いながら、ビシッと俺を指差す。

「ん、それじゃ、私物を置いてくるね」

それから、妙にそそくさと自分の部屋へと戻っていった。

……あれ？　さっき置きにいったばっかだし、今何も持ってなくなかったか……？

♥　♥　♥

部屋のドアを閉めた瞬間に胸を押さえ、私はそのままドアを背にして座り込んだ。

「ふ、不意打ちはズルいってぇ……！」

俺には唯華だけ、なんて真っ直ぐこっちを見ながら言われたら……！

す、凄く顔がニヤけちゃうでしょぉ……！

「うふ、ふふふふっ」

あ、駄目だ顔が戻らない。

勿論最初から秀くんが浮気するだなんて疑ってないけど、実際に言葉にしてもらえると格別に嬉しくなっちゃうよね……！

「勿論私も……秀くんだけ、だよ」

十年前から変わらず、一生ずっとね！

♠　♠　♠

♠　♠　♠

そんな騒動（？）があった翌日。

「おっじゃましまーす！」

高橋さんが、元気よく我が家の玄関に上がっていく。

「お邪魔します」

「お邪魔しゃーす」

外で待ち合わせて俺が皆を案内する、って流れで……続いて唯華と瑛太、最後に俺が玄関の鍵を閉めてから家の中へ。勿論、唯華は今回初めてウチを訪れるって体だ。

「ほーほー、なるほどなるほど」

何に納得しているのか、高橋さんは部屋の中を見回してうんうんと頷いている。

俺としては、何かしら残った唯華の痕跡が発見されないかと内心ヒヤヒヤだ。

「向こうのお部屋は、どういう使い方されてるんですか？」

「寝室と客間と物置だよ。散らかってて危ないから、物置には入らないでね」

部屋に繋がるドアを順に指していった後、最後に『物置』を指しながら注意する。

「あっ、それってもしかしてフリってやつですかっ？」

「フリってやつじゃなくて」

物置ということにしてあるのは唯華の部屋なので、そこだけは絶対に死守せねば……！

「わわっ、冷蔵庫おっきいですねー！」

幸いにして高橋さんの興味は、すぐにキッチンの方へと移ったようだ。

「これって、たぶん家族向けですよね？」

「うん、まぁ、そうかもだけど、大は小を兼ねるって言うからね……」

「オレら男子はガッツリ食うからねー。食材もガッツリ入れときたいってもんでしょ」

「なるほどー」

瑛太がサラッとフォローしてくれたおかげか、高橋さんも納得してくれたようだ。

「えっ……？　あれ⁉　何これ、ダルマですか⁉　あははっ、ダルマー！　当選⁉　何かしらに当選したんですか⁉　黒目両方ありますもんね！　えっ……？　あっこれ、空気清浄機なんです⁉　あはははははっ、なんでー⁉　凄い、倒しても起き上がるー！　空気清浄機なのに！」

続いては、空気清浄機に興味津々の様子である。そこまでウケてくれると、これを選んだ甲斐（かい）もあるってもんだ……というのは、ともかくとして。

「この辺、適当に座ってよ」

高橋さんがそれ以上余計な詮索をする前に、リビングへと先導する。

「はーい」

果たして、高橋さんも素直に従って座ってくれた。

「さて……それじゃまずは」

高橋さんは、持参した鞄から参考書を取り出す……のかと、思いきや。

「スタンダードに、モノポリー辺りからいきますかっ？」

取り出されたのは、ボードゲームの箱だった。

「それとも、ディプロマシーとか？　あっ、私パラノイアのＧＭも出来ますよっ？」

そんなに大きいようにも見えない鞄から、次々と箱が出てくる。

「高橋さん、まずは勉強から始めようね……？」

俺が思わず半笑いを浮かべる中、唯華が窘めてくれる。

「はーい」

流石に冗談だったようで、高橋さんも今度こそ勉強道具を取り出した。

「あと……ゲームのラインナップに若干の悪意を感じたのは、気のせいだよね……？」

これは俺もちょっと気になってたんだけど、いわゆる友情を壊す系のゲームとしてよく挙げられるラインナップだったような……。

「ふふっ、勿論気のせいですよー」

と、高橋さんは唯華の言葉に同調するけれど。倫理観のぶっ壊れた天才科学者のようなやけに綺麗過ぎる笑顔に見えるのも、気のせい……なんだよな……？

♠　♠　♠

とはいえ、そこからはスムーズに勉強会が始まって。

「あー、そーゆーことですかー！　理解しましたー！　完全に理解しましたー！」

「それ、わかってない時のやつじゃない……？」

「つまりここは x ≧ 2 の時と x ＜ 2 の時とで場合分けして、ここに x ＝ 2 が代入出来るから、あとは順次計算して答えは5ってことですよねっ？」

「正解……さっきのフリで、本当に理解出来てるパターンってあるんだね……」

高橋さんも、唯華に教わりながら真面目に勉強に取り組んでいた。

さっきから言動がちょいちょいアレで、唯華を苦笑させてはいたけども。

「やっぱり高橋さん、地頭が凄く良いねー。理解が早くて助かる」

「えへへ、よく言われますー」

唯華に褒められて、高橋さんの頰が緩む。

「だからこそ、どうしてここまで放っておいたのって気持ちにもなるけどね……」

「えへへ、よく言われますー」

今度は特に褒めているわけではないはずなのに、高橋さんの頰は緩みっぱなしである。

「くぅ……すぴぃー……」

なお、瑛太は勉強会が始まって数分の時点からずっと寝こけていた。

コイツ、何しに来たんだ……？

「高橋さんのキリも良いみたいだし、そろそろ一旦休憩にしようか」

「おっ、いいねぇ秀ちゃん。頃合いさー」

なんて思っていたら、俺の言葉に反応してガバッと起き上がる。

頃合いも何も、寝てただけだろ……。

「飲み物持ってくるよ」

「ありがとうございますー」

「ありがとー」

「センキュー」

それぞれのお礼の声を背に、キッチンへと向かう。

「そういえば、高橋さんってさ」

「はいー？」

ジュースをコップに注ぎながら、聞くともなしに唯華と高橋さんの会話を聞く。

「誰にでも敬語だよね？　それって、何か理由があるの？」

「やー、それがですねー。高校入る時に、お父さんからですね？　下手な御方に失礼かまして怒らせるとお父さん会社員としてマジ終わりかねないから、せめて敬語で失礼レベルを緩和しなさい、って言われたんですよー」

「失礼するのは前提なんだ……」

「失礼ですよねー？　皆さん、多少の失礼くらい笑って許してくれるっていうのにっ」

「失礼するのは前提なんだ……」

お菓子も用意しながらチラリと窺うと、唯華が微苦笑を浮かべている様が見て取れた。

「唯華さんだって、許してくれましたしねっ？」

「ん？　私、何か失礼なこととかされたっけ……？」

「初めて会った時の私、跪いて頭を垂れながら自己紹介しなかったじゃないですかー？」

「高橋さんは私のことを何だと思ってるの？」

「え？　でも、この学校じゃそうしないと失礼に当たるって教わりましたよ？　一年の最初の頃、三年生の先輩に」

うーん……そりゃ確実に、家の格を重んじる系の方々の冗談か皮肉だよな……。

「高橋さんは、もうちょっと人を疑うことを覚えた方がいいかもね……」

「まぁ私、初めての人と話す時ってテンション上がっちゃってその儀式のこと毎回忘れちゃうんで、今まで一回も出来たことないんですけど」

「これもマイナスとマイナスの掛け算でプラスになる事例ってことでいいのかな……？」

「この儀式を忘れると無礼者としてその場で切り捨てられても文句を言えないらしいのに、皆さん許してくださって心が広いですよねー」

「それを信じていることにツッコミを入れるべきなのか、そのペナルティを信じた上で毎度忘れられる度胸を褒めるべきなのか、どっちかなー……」

ははっ……やっぱ、高橋さんってちょっと変わった子だよな……。

「お待たせ」

なんて考えながら、四人分のコップとお菓子を載せたお盆を手にして戻る。

「あれっ……？」

順にコップを置いていく俺の手元を見て、高橋さんがなぜか首を捻った。

「一人暮らしのお宅にも、ペアマグカップってあるもんなんですねー」

「んんっ……!?」

しまった……！　つい癖で、俺と唯華が普段使ってるのを出してしまった……！

「そ、そうだね、あるもんなんだよねぇ……！」

「あるあるだよねー。良い感じのカップだと思ったら、ペアでしか売ってないパターン」

俺の適当過ぎる言い訳を、瑛太が何気ない調子で補強してくれた。

「あはっ、確かにそういうのあるかもー」

高橋さんも、それで納得してくれたようだ。

「あっ！」

高橋さん、今度は何かな……⁉

「近衛くん、ゲームするんですねー！　ちょっと意外かもです！」

「そ、そう？　割とやる方だけど」

「んっ……？」

高橋さんは、ふと何かに気付いた様子でコントローラを手に取った。

「コントローラ、二つともやけに使い込まれているような……？」

この子、ポーッとしてるように見えて結構鋭いな……⁉

唯華と一緒に住み始めてから、結構な頻度で使ってるから……！

「そりゃ勿論、オレと秀ちゃんの対戦の軌跡ってやつさ」

必死に言い訳を考えていたら、瑛太がそう助け舟を出してくれる。

「あっ、竹内くんは前にもいらしたことあるんですねー」

「勿論、むしろ入り浸りまくりだよー」

「ふふっ……そういう関係、なんだかちょっと羨ましいです」

今回も、瑛太のおかげでどうにか誤魔化せたみたいだ。

……もしかして瑛太、今日は俺たちのフォローのために来てくれたのか……？

「ふっ」

なんて思っていると、瑛太は小さく笑って背中越しに親指を立てて見せてくれた。今日は、彼の背中がやけに大きく見える気がした。

……なんて思っていたところ。

「さて、それでは始めましょう」

そう言いながら、不意にゲームを起動する高橋さん。

「いやまぁ、休憩時間だし良いんだけどね……」

と、唯華も苦笑気味である。

「さぁ最初の挑戦者は誰ですかっ？　ボッコボコにされる覚悟が出来た方からどうぞっ」

なお、そんな風に玄人ぶったムーブをかましていた高橋さんは普通に初心者だった。

♠　♠　♠

その日の晩。

「つっ……かれたぁ……！」

「あはは……お疲れ様、秀くん」

テーブルに突っ伏す俺を、唯華が労ってくれる。

「瑛太には、改めて礼を言っとかないとな……」

あの後も似たようなことは何回もあり、瑛太には随分と助けられた。

「瑛太って、馬鹿だけど意外と機転は利くんだよねー。基本的には馬鹿なのに」

という、唯華の瑛太評。

「でもさ」

それから、唯華は何気ない調子でそう続ける。

「楽しかったよね。皆であぁして、家でワイワイするのって」

唯華に言われて……ふと、今日を振り返ってみた。高橋さんへの対応に追われて疲れ果てたのは、事実だけど……でも、それはそれとして。

「そう……だな」

一緒に勉強して、時々冗談を言い合って、休憩時間には皆でパーティーゲームやボードゲームでも遊んだ。それは、俺の今までの人生にはなかった種類の時間で。

「うん、楽しかった」

確かに、そう断言出来る時間でもあったのだった。

「そっか」

俺の返答を受ける唯華の目がやけに優しい光を宿している気がして、ふと気付く。

もしかして……これか？

「ウチを勉強会の会場にした理由って、俺にそれを経験させるためか？」

「ふふっ、それは深読みしすぎっ」

なんて唯華は笑うけど、たぶん俺の考えは間違ってないと思う。

「それじゃ、原状復帰ってことで私の部屋に引っ込めたもの戻してくるねー」

この話はこれで終わりということか、唯華はそう言って立ち上がった。

「あ、おぅ……俺も手伝うよ」

「ありがと、助かるー」

そんな会話を交わしながら、唯華の部屋へと向かう。

♥　♥　♥

流石(さすが)は秀くん、鋭いなぁ……。

今回の私の意図は、秀くんの推察通り。ふふっ、秀くんの驚く顔が見たかったっていうのもホントだけどね？　学校だけじゃなくて、色んなところで友達との思い出を作ってほしい……なんて願ってしまうのは、ちょっと傲慢なのかな？

「そういえば」

私に続いて私の部屋に入りながら、ふとした調子で秀くんが呟く。

「唯華の部屋に入るのって、初めてだな」

「あれっ、そうだっけ？」

そういえばそうかも。まぁ、いつ秀くんが来てくれてもいいようにちゃんと綺麗にしてるし大丈夫…………だよね？

「あっ、これ……」

秀くんの声に振り返ると、秀くんは私の机の上……彼が昔大好きだったヒーローの、カプセルトイに目を奪われている様子だった。

「まだ、持っててくれたんだな」

秀くんの目は、懐かしげに細められている。

「あはっ……持ってるに、決まってるじゃない」

だって……それは私たちの、ずっと変わらない絆を示す証なんだから。

十年前、秀くんとの『お別れ』の時の光景が鮮明に脳裏に蘇ってくる――

♥　♥　♥

これは、幼い日の私の記憶。

「もう……行っちゃうんだね」

「……うん」

涙声で確認してくる秀くんに、返すボクの声も、震えていたと思う。

幼いながら、これが少なくとも年単位での別れになることはお互いわかってた。

「ゆーくん……これ」

と、秀くんが握り拳を差し出してくる。

手を開くと、顔を覗かせたのはカプセルトイ。秀くんが持ってる中でも飛び切りレアなやつで、一番の宝物なんだ、って前に言っていたのをよく覚えてる。

「ゆーくんに、あげるね」

「えっ……？」

だから、秀くんのその言葉にはとっても驚いた。

「そ、そんな大切なもの、ボクもらえないよっ！」

「ゆーくんに、もらってほしいんだ」

慌てて首を横に振っても、秀くんは手を引っ込めない。

「これを、僕だと思って……僕のこと、忘れないで、ね？」

「勿論！」

ボクは、即座に頷いた。

お父様の事業の都合で海外に行くことになって、帰国がいつになるかは事業の展開次第。それでも、何年経とうと絶対に秀くんのことを忘れたりしない自信があった。

「えと……でも……あっ、そうだ！」

秀くんから一方的に受け取るのは流石に気が引けていたボクの頭に、閃いたアイデア。

「じゃあ……交換！　交換っこしよう！」

ボクは、慌ててあちこちのポケットをまさぐりながらそう提案した。

「ほら……そう、これと！」

ポケットから引っ摑んだものが何かを確認することもなく、秀くんへと差し出す。

「……げっ」

そして、思わず呻いちゃった。何しろ、この手に載っているのは石ころだったから。隕石でも宝石でもない、いつ拾ったかも覚えていないただの石。というか引っ越し当日の服のポケットに、なぜそこらで拾ったと思われる石ころが入っているのか。

「こ、これ、ボクだと思って！　離れてても ずっと変わらない、ボクらの絆の証だよ！」

だけどもう引っ込みがつかなくて、ヤケクソ気味にそう続ける。

「うんっ！　ありがとう、ゆーくん！」

怒るどころか、秀くんは微笑んで石を受け取ってくれた。そして、代わりにカプセルトイをボクへと手渡す。明らかに、釣り合いの取れてなさすぎる交換。

「ふふっ、嬉しいな……！」

なのに秀くんは、心から嬉しそうに笑っている。

きっと、ボクの手から貰えるなら本当に何でも良かったんだと思う。

そこまで彼に想われていることが嬉しくて……同時に、胸が張り裂けそうだった。

この頃には、ボクは自分の胸にあるこの感情の正体に気付いていた。

ボクにとってのそれは、ただの友情じゃないんだって。

でも、今それを伝えるわけにはいかない。別れのこの瞬間に言っても秀くんを困らせるだけだし……何より、秀くんはボクのことを男の子だと思ってるんだから。ボクが、これまでずっとそんな風に振る舞っていたせいで。

だけど……それは、今日で終わりにしようって。もう、決めていた。

「ボクが戻ってきたら……そしたら、もう一度会えたら！　今度はずっと一緒にいようね……！　一生、ずっと一緒に……！」

ボクは……私は、本当にそうなることを願って震える声で口にする。

「うん……！　今度こそ、ゆーくんとずっと一緒……！　絶対、約束する……！」

お互い、零れそうな涙を堪えながら……私達は、最後に固い握手を交わして別れた。

♥　♥　♥

その後、私たちは十年もの時を別々に過ごすことになる。

だけど無事に再会を果たして、今度こそは……ねぇ、秀くん。

あの日の約束通り、一生一緒に……いて、くれるのかな？

「……うん？　どうかしたか？」

そんな願いを込めて秀くんの顔を見つめていると、秀くんは不思議そうに首を捻った。

「や……秀くんの方は、流石にもうあんな石ころ捨てちゃったでしょ？　って思ってさ」

そう誤魔化す。だって、さっきの質問を実際に口にするのは流石に重すぎでしょ……。

「あれ？　もしかして、気付いてなかったのか？」

と、秀くんはなぜか意外そうな表情。

「ほら、これ」

と、スマホを取り出して一つだけ付いているストラップをピンと弾く。

「あっ……！」

今まで、なんかストラップ付いてるなーくらいにしか認識してなかったけど……それは、確かによく見れば。細い紐で幾重にも括られ、ストラップに繋がれているのは……。

隕石でも宝石もない、あの時の石だった。

「ずっと、肌身離さず持ってたよ。俺が友達の一人もいない状況でなんともなかったのだって、ゆーくんがこうしていつも一緒にいてくれたからさ」

石を見ながら、秀くんは小さく微笑む。

「そっ……か」

あんな石ころでも、少しでも秀くんの救いになっていたっていうのなら。なんだか胸が熱くなって、思わずちょっと泣きそうになっちゃった。

「やー、しかしアレだよなー」

ふと、秀くんがどこか遠いところを見るような目になる。

「戻ってきたら今度こそずっと一緒、一生ずっと……って、あの時約束したけどさ」

その約束、秀くんは今どう思ってるんだろう……って考えると、さっきとは違う意味で胸がドキドキしてきた。

「結婚って形で一生一緒にいることになるなんて、思ってもみなかったよなー」

「っ……！」

当たり前みたいに、『一生一緒』だって……私の、一番欲しかった言葉をくれて。

「あ、はっ……！」

さっき以上に泣きそうになっちゃうのをどうにか堪えて、笑顔を作る。

「ホントに、そうだよねっ」

秀くんには、そう返したけれど。当時の私は、ちゃーんと……再会したら秀くんのお嫁さんにしてください、っていう意味で……言ってたんだからねっ？

第4章　予定外、それは突然に

とある夜。

「ふう……一息入れるか」

試験勉強に一段落ついたところで、自室を出る。

「おいっすー、おつかれさまー」

すると、リビングでテレビを観(み)ていたらしい唯華(ゆいか)が振り返ってきた。

「食べる？」

と、六個入りのアイスの箱を差し出してくれる。

開けたばかりらしく、六個全部がまだ残っていた。

「おっ、ハートのやつ入ってんじゃん」

「そうなの！」

数十箱に一つしか入っていないというハート形のアイスを見つけると、唯華もはしゃいだ声を上げる。なんとなく、ちょっと得した気分になれるよな。

「せっかくだし、秀(しゅう)くんにあげるね」

「マジ？　サンキュー」

ありがたくハート形のそれをピックで刺して口に放り込むと、広がっていく甘さと冷たさが疲労気味の頭に心地良かった。

モグモグしながら、唯華の隣に腰を下ろす。

「試験勉強の休憩、ってとこ？」

「まぁな」

「精が出ますなー」

若干凝り気味の肩を回しながら答えると、唯華は感心の面持ちを浮かべた。

「逆に、唯華は試験大丈夫なのか……？」

「まー、なんとかなるでしょー」

いつ見てもあんまり勉強してる様子が見られない唯華だけど、言葉通り気楽げだ。

まぁ基本要領良いし、本人が大丈夫だって言うなら大丈夫なんだろうけど。

「あっ、そうだ」

なんて思っていたら、唯華はふと何かを思いついたような表情となった。

「中間テストの結果、勝負してみない？　せっかくだし、『なんでも権』を賭けてさ」

「おっ、出たな『なんでも権』勝負」

昔から、勝負の時にちょいちょい追加してたルールだ。

まぁとはいえ、何のことはない、その名の通り勝った方は負けた方の言うことを『なんでも』聞くっていうシンプルなものである。お互いにそんな無茶な『お願い』をするわけでもないので、勝負を盛り上げるためのオマケみたいなものだ……とはいえ。

「唯華、大して勉強もしてなさそうなのに自信アリか？」

「さぁ、どうでしょう？　手の内は明かせないなぁ」

「ははっ、勝負はもう始まってるってか？」

「そういうことっ」

今の唯華を相手に『何でも』は、ちょっと危険な可能性があるよな……例えば、『マッサージ』とか……唯華はその辺、良くも悪くも俺に対して無頓着だからなぁ……。

明日からの試験、いつも以上に気合い入れてかないとな……！

♥　♥　♥

今回の、『なんでも権』勝負。

正直、私としては勝っても負けてもどっちでもいい……というか、たぶん負けるんじゃないかなーって思ってる。秀くん、勉強凄く頑張ってるもんねー。

だけど、だからこそ。頑張ってる秀くんへのちょっとした『ご褒美』くらいはあってもいいんじゃないかなー……なんて。

ふふっ……勿論（もちろん）、わざと負けるつもりなんて少しもないけどねっ？

♠　♠　♠

♠　♠　♠

中間テストの結果も、今日で全教科分が出揃（でそろ）って。

「唯華さぁぁぁぁぁぁぁぁぁぁぁぁぁん！」

「おぐふっ……!?」

いつかのリプレイのように、高橋（たかはし）さんが唯華にタックルをぶちかましていた。

「ありがとうございますぅぅぅぅぅぅ！　お陰様で、赤点全回避出来ましたぁ！」

どうやら、その謝意を伝えるための行動らしい……たぶん。

「これでおこづかい額もキープ！　また思う存分遊べます！」

「それはおめでとうだけど、普段からちゃんと勉強もしておこうね……？」

ガッツポーズを取る高橋さんに、唯華は微苦笑を浮かべていた。

「それは承知しましたが、とはいえ今日くらいはいいですよねっ？　皆で、パーッと遊びに行きませんかっ？　ねぇっ！」

「おっ、いいねぇ」

高橋さんの提案に応じるのは、俺の隣席を定位置とする瑛太だ。

「オレも、今日は全てを忘れてパーッと遊びたい気分なんだよ」

フッとやけに綺麗な笑みを浮かべる瑛太の忘れたいことっていうのは、たぶん全教科で赤点を叩き出した現実だろう。

「近衛くんと唯華さんは、どこか行きたいとことかありますか？」

そう尋ねてくる高橋さんは、俺たちも当然参加すると疑ってもいないみたいだ。

「えーと……」

一瞬、唯華が窺うような視線を向けてきた。

「俺はそういうのあんまり詳しくないから、皆に任せていいかな？」

心配しなくても、もうお膳立てなんてなくても素直に受け入れるよ……という思いを込めながら、高橋さんにそう返す。

その思いが伝わってくれたのか、唯華は小さく微笑んだ。

「それじゃ、カラオケとかどうかなっ？」

「おっ、いいねぇカラオケ！　オレ、ちょうどクーポン持ってるよん」

唯華の提案に、瑛太が同調を示す。

「駄目ですよ、竹内くん」

「えっ、カラオケ駄目？」

なぜか優しい笑みを浮かべてふるふる首を横に振る高橋さんに、瑛太は疑問の声。

「いえ、カラオケはいいんですけど……上流階級の方々は、クーポンの存在なんてご存知ないでしょう？　ちゃんと説明して差し上げないと。あのですねお二方、クーポンっていうのは要は割引券のことで……あっ、割引の概念はご存知ですかっ？」

「ははっ……ちゃんと割引もクーポンも知ってるから安心してよ」

「何なら、昨日ハンバーガー買うのに使ったしね」

「なんとっ！　クーポンとは、上流階級にまで浸透した文化でしたか！」

俺たちの返答に、高橋さんは目を丸くした。

この人、ちょいちょい俺らのこと浮世離れした存在だと思ってる節あるよな……。

「それでは了解です！　クーポン使っちゃってのカラオケで、中間テストお疲れ会……ああ、あとアレですよねっ」

言葉の途中で、高橋さんは何かを思い出したような表情に。

「近衛くん学年一位、唯華さん学年二位！　ワンツーフィニッシュおめでとう会！」

それから、俺と唯華の顔を順に見てニコッと微笑んだ。

「凄いですよねー！　近衛くん、一年の時から一度も一位を逃してないんですよ！」

「へぇ、そうなんだ……？　凄いね」

唯華が、チラリとこちらに視線を寄越す。微妙に含みのあるその目は、「初耳なんだけど？」ってところだろうか。とはいえ、別に話すようなことでもないっつーか……聞かれてもないのに「俺、ずっと一位なんだよね」とか言い出したらイタい自慢じゃん……。

「はーっ、まったく。頭の出来が良い御方は羨ましいよ」

「それは違うよ」

やれやれと肩をすくめる瑛太へと、唯華がピッと指を突きつける。

「近衛くんは毎日コツコツ、夜遅くまでしっかり勉強してたからこその一位なんだから。生まれ持ってのものだけで簡単に達成してるかのような言い方しちゃ駄目っ」

「まっ、確かにそうか……これはオレの発言が迂闊だった」

苦笑する瑛太の傍ら、高橋さんがコテンと首を傾けた。

「……？　どうして唯華さんがそんなこと知ってるんですか？」

「っ……」

当然っちゃ当然の疑問に、唯華の頬がちょっとだけ強ばる。

「や、そうじゃないかなぁ、となんとなく思っただけなんだけど。近衛くん、実際のとこはどうなのかなー？」

「まぁ……そんな感じ、かな」

頭の出来が違うってのは、結局あんまり勉強してる様子もなかったのに二位にまで迫ってきた唯華にこそ言うべきことだよなぁ……なんて、密かに苦笑する。所詮凡人の俺は、足りないところを努力の量で補うしかない。

ただ……これまでは、黙々と一人で努力するだけだったけど。その努力をわかってくれる人が側にいるっていうのは……思ったより、嬉しいもんだな。

「でも近衛くん、大学も内部進学ですよね？　そんな勉強しなくても大丈夫なのでは？」

「知識はあるに越したことないからね。あとはまぁ、家の都合っつーか……あんま順位を落とすと、実家からお小言が来かねないし」

「はえー、上流階級の方も大変ですねー」

まぁ、実際のとこは俺の意地的なところが一番大きいんだけど……あぁ、いや。

「……それと、もう一つ」

今は……それ以上の理由が、出来ているのかもしれない。

そう思って半ば無意識に呟いてから、ハッと我に返った。

「や、ごめん。なんでもない」

と、慌てて誤魔化す。

「えー？　気になるじゃないですかー？」

「ごめんごめん、そんな大したことじゃないから気にしないで」

「そうですかー？　なら、いいですけどー」

高橋さんはまだ気になるようだったけど、ここで引き下がってくれるようで助かった。

「そんじゃま、出発と参りましょー！」

気を取り直した様子で、高橋さんが皆に先立って歩き出す。

「竹内くんって、どんなの歌うんです？」

「そうだね、ボカロ曲とか得意だよ？」

「えーっ、いがーい」

「ふっ……やっぱり、オレのイメージと違ったかな？」

「竹内くん、スカしたがりなのにあっさり教えてくれるんですねっ」

「意外ポイント、そこかーい。てか、スカしりたがり言わないで？」

「あははっ、ごめんなさーい」

高橋さんと瑛太が談笑しているから、俺と唯華がその少し後ろを歩く流れとなる。

と、周囲を軽く窺った後に身を寄せてきた唯華が小声で話しかけてくる。

「……ねぇねぇっ」

制服姿でこの距離感は、家とはまた別の意味でちょっと緊張するな……。

「勉強する理由の最後の一つ、結局何だったの？」

「別に大したもんじゃないって」

「えーっ？　私にも話せないようなことなのー？」

と、唯華はわざとらしくむくれて見せるけど。

唯華にも話せないことっつーか、唯華には特に話せないことなんだよな……。

だってさ。唯華の隣に胸を張って立てる男になれるよう、一つでも多く誇れるものを持っておきたい……なんて。重すぎて、唯華が引いちゃうもんな……。

「私たちの間に隠し事は無し、じゃない？」

「隠し事っつー程のことでもないんだけど……まぁ、なんだ。言える時が来たら言うよ」

そうだな。いつか、本当に胸を張って唯華に並び立てる男になれたと自負出来る時が来たなら……この理由も、バラしてみよう。

「そ？　それじゃ、楽しみにしてるねっ」

きっと、良い笑い話になるはずだから。

♠　♠　♠

カラオケから帰宅しての、リビング。

「あはっ……流石にちょっと喉が痛いね」

「ははっ、俺も」

お互いに嗄れ気味の声で微苦笑を交わし合う。

「にしても秀くん、カラオケ初めてだったんだ？」

「あぁ。カラオケに限らず、あぁいう友人同士で行くような施設は大体未経験だよ。一緒に行くような友達がいなかったから」

「はは……」

別に自虐のつもりもないけど、事実をそのまま伝えると唯華は乾いた笑みを浮かべた。

「で……初めてのカラオケは、どうだった？」

「ん……思ってたより、ずっと楽しかったよ……また行きたいな」

「ふふっ、なら良かった」

素直に感想を伝えると、唯華は満足げに笑った。こないだの勉強会の時と同様、俺が友人たちとの時間を楽しんだことを嬉しく思ってくれているんだろう。

「秀くん」

と、どこか改まった調子で唯華が呼びかけてくる。

「カラオケだけじゃなくて、これからいっぱい……秀くんにとっての『初めて』、一緒に経験していこうね」

「……おぅ」

一瞬だけ『妙な意味』に聞こえてしまって、頷くまでに変な間が空いてしまった。

「さて、それはそうと」

幸い訝しまれた様子はなく、唯華はぽむと手を打つ。

「改めて……学年一位おめでとう、秀くん」

「あぁ、うん、ありがとう」

次の言葉はなんとなく察せられて、口元が既に苦笑を形作り始めているのを自覚した。

「ズルいなぁ、今までずっと首席だなんて情報を秘匿してただなんて」

果たして、ジト目の唯華が口にしたのは概ね予想通りの内容だった。

「別に隠してたわけじゃなくて、聞かれなかったから言わなかっただけだよ」

とりあえず、お決まりの言い訳を口にしてみる。

「大体、その情報がわかってたら今回の勝負やめてたのか？」

「あはっ、まっさかー。勝負は、相手が強大な程に燃えるからねっ！」

ニッと好戦的な笑みを浮かべる唯華。これも、予想通りの反応だ。

「まっ、いずれにせよ今回は私の完敗ですっ！」

「言うほど点差もついてなかったけどな……」

「でっ……どうする？」

と、唯華は首を傾ける。

省かれてるけど、『なんでも権』の話なのは間違いないだろう。

「そうだな……明日のおかず、唐揚げにしてもらうとか？」

「えーっ、そんなのつまんないよー！」

適当に思いついたことを口にすると、唯華は不満げに唇を尖らせた。

「唐揚げなんていつでも作ってあげるから、もっとこう……私が普段ならやらないような、ギリギリのラインを攻めていかなきゃ！」

「なんでも権なのに、エンターテイメント性を求められるのか……」

まぁでも……確かに、十年ぶりの『なんでも権』だ。

あまり適当に消費してしまうのも、味気ないかもしれないな。

「そんじゃま、しばらく考えておくよ」

「ふふっ、楽しみにしてるねっ」

無邪気に微笑んでから、唯華はなぜか俺の耳元に口を寄せる。

「ねっ、秀くん」

耳に感じられる唯華の息が、なんだか少しくすぐったい。

「なんでも権は……なんでも、いいんだからね？」

「っ……」

なぜか妙に艶めいて聞こえるその声に思わず唯華の顔を見ると、そこに浮かべられている笑みもまたやけに色っぽく見えてドキリとしてしまった。

「ところでさ」

けれど、唯華は一瞬でいつもの笑顔に戻って。さっきのは、何かの見間違いか幻覚の類だったのか……？　なんて、狐に摘まれたような気分になってくる。

「秀くん、明日って何か予定ある？」

「え？　あぁ、いや……特には」

乱れた鼓動が未だ収まっていない中、若干ボーッとしながらの返答となってしまった。

「それじゃ、お出掛けしない？　二人で、さ」

「ん、いいな。行こうか」

特に行き先も聞かないまま、快諾する。

唯華と一緒なら、どこだって楽しいに決まってるんだから。

♥　♥　♥

翌朝……今日は、秀くんと二人でお出掛けの日。ふふっ、楽しみ過ぎて昨日の晩はなかなか寝付けなかったくらい。なんだか遠足の前みたいにワクワクしちゃったよね。

「おはよう、唯華」

「おはよー、秀……くん？」

朝一で秀くんの顔を見て、妙な違和感を覚えた。

あれっ……？　なんだか今日の秀くん、いつもよりなんか……キラキラしてる？

「ん？　どうかしたか？」

「あっ、ううん！　別に！」

慌てて首を横に振りながらも、考える。

なんだろう、どこが違うのかな……。

「……唯華？」

顔をぼんやり眺めてしまったからか、秀くんは小さく首を捻（ひね）った。

「もしかして、体調悪いか？」

「えっ？　いやいや、全然そんなことないよ！　元気元気！」

心配げな秀くんに、両腕で力こぶを作って元気アピール。

実際体調は問題ないし、余計な心配はかけたくなかった。

「顔、ちょっと赤いぞ？」

「ふふっ、それは秀くんの魅力にやられてるから……」

「今そういうのいいから」

冗談めかして流そうとしたら、真面目な調子で遮られちゃった。

「熱、測ってみ？」

「えー……？」

「いいから、ほら」

渋る私に対して、秀くんは半ば無理矢理に体温計を手渡してくる。

こういう強引さは、もっと別のところで発揮してほしいんだけどなぁ……まぁいいや、実際に熱がないことがわかれば納得してくれるでしょ。

そう思って、体温計をセット。数秒で、ピピッと測定完了の音が鳴った。

「ほらこの通り、全然………………あれぇ？」

秀くんに見せると同時に私もその数値を確認して、疑問の声を上げることになる。

「三七・六℃……？」

「やっぱ、そこそこあるじゃないか」

「うぐ……」

数値で示されてしまった以上、反論出来なかった。

今日の秀くんへの違和感も、熱のせいだったかぁ……。

「や、でも全然元気だしお出掛けには支障ないよ？　微熱微熱っ」

実際、自覚症状的にはちょっとボーッとするかな？　って程度だし。

「なに言ってんだ、今日はゆっくり休んでな。上がったテンションで熱に気付かないまま遊んで見事に悪化させてたの、流石にこの歳になって繰り返すなっての」

「むぅ……でもぉ……」

「ほぅ……そこまで渋るなら奥の手を使おうか」

それでも私が渋っていると、秀くんは私にズビシと指を突きつけた。

「なんでも権を行使する。今日は一日、大人しく寝てることっ」

「うっ……！」

そう来るかぁ……！　『なんでも権』は『なんでも』だもんねぇ……。

「……はぁい」

私は、頷くしかなかった……なんて。表面上は、渋々感を演じてるけど。

あぁ、嬉しいなぁって。心の中に、温かい気持ちが広がっていくのを感じる。私自身でさえ気付いてなかった私の不調に気付いてくれたってことは、私のことを普段からよく見てくれてる証拠。真面目に諭してくれるのは、それだけ私のことを真剣に心配してくれているから。好きな人からのそんな真っ直ぐな想いが、嬉しくないわけがないんだから。

♠　♠　♠

渋る唯華を、『なんでも権』まで行使して寝かしつけて。

昼飯は普通におかゆを平らげてくれたし、その頃までは割と元気だったんだけど……お盆を片手に、唯華の部屋のドアをそっとノックする。

「唯華？　起きてるか？」

「うぅん……起きてるぅ……」

唯華の返事を受けて部屋に入ると同時、唯華はダルそうに身を起こす。

夕方くらいから熱が上がってきたみたいで、だいぶしんどそうだ。

「擦ったリンゴ持ってきたけど、食べるか？　これなら、喉にも優しいと思うけど」

この調子じゃおかゆもキツいだろうと思い、せめてこれくらいはと持ってきたものだ。

「食べさせてぇ……」

と、唯華は甘えるような調子で口を開けた。熱を出すと、いつも以上に子供っぽくなるのが昔の唯華の癖だったけど……もしかして、今もその傾向があるんだろうか？

「はいはい」

微苦笑を浮かべながら、ベッドの脇に椅子を移動させて腰掛ける。

「はい、あーん」

擦ったリンゴをスプーンで掬って、唯華の口元に持っていく。

「あー、むっ」

唯華が、パクッとスプーンに食いついた。むぐむぐと、しばらく咀嚼して。

「んっ……美味し」

飲み込んでから、へにゃっと笑う。その屈託なくていつもより随分幼く見える笑みに、不謹慎ながらちょっとドキッとしてしまった。

「んんっ……次、あーん」

それを咳払いで誤魔化しながら、もう一度リンゴを唯華の口元へと持っていく。

「あーん」

その後、「あーん」を何度か繰り返して。

「……ありがとね、秀くん」

全部平らげたところで、どこかしみじみとした調子で唯華がお礼を言ってくる。

リンゴを食べている間に、さっきより意識もハッキリしてきたみたいだ。

「これくらい、お安い御用さ」

実際、大した手間でもないしな。

「うん……リンゴもだけど、私の熱に気付いてくれて」

ちょっとだけ気まずげだけど、素直に礼を言う様はいつもの唯華だった。

「あのままお出掛けしてたら、出先で動けなくなっちゃって秀くんに迷惑かけてたかも」

「別にそれは構わんけど、そしたら今以上に悪化してたかもしれないしな」

しかし、こうしてるとなんだか昔のことを思い出す。

「唯華、昔っからちょいちょいこんな感じで熱を出してたよな……身体(からだ)が弱いっつーより、限界まではしゃいじゃう感じでさ」

「あはは……」

唯華も覚えがあるのか、苦笑が浮かべられた。

「……ん、そうだね」

それを微笑みに変えて、小さく頷く。

「最近ちょっと、はしゃぎすぎちゃってたかもね」

目を細めて思い浮かべるのは、最近の日々のことなのか。

「今が……今の生活が、凄く楽しいから」

「それは、俺も同じだよ」

別に、それまでの日々が全く楽しくなかったとかそんなことを言うつもりはない。俺なりに、充実した日々を送ってきたつもりだ。

けど……唯華と再会してからの日々が、本当に楽し過ぎて。

「ま、少なくとも高校在学中は今の生活が続くんだ。程々のペースではしゃいでこうぜ」

「あはっ、だねー……」

自戒も込めての言葉に、唯華が苦笑と共に頷いた。

「ふわぁ……」

次いで、小さくあくびする。

「それじゃ、俺はリビングにいるから。何かあったら、遠慮なく声かけてくれな」

「えーっ……？　もういっちゃうのぉ……？」

目がトロンとしてきて、また幼いモードになってきたらしい唯華が不満げに唇を尖らせた。そんな唯華が、なんだか可愛くて。

「わかったわかった、唯華が眠るまで一緒にいるよ」

再び腰を落ち着けて、唯華の手を優しく握る。

「んぅ……」

すると唯華は、頷きなのか微睡みなのかよくわからない動きを見せながらも安心した表情となった。それから、いくらかもしないうちに。

「すぅ……すぅ……」

唯華が穏やかな寝息をたて始めたところで、起こさないよう慎重に手を離し。

小さな小さな声でそう言ってから、俺は唯華の部屋を後にした。

「おやすみ、唯華」

少しでも早く良くなりますように、と願いながら。

♠　♠　♠

リビングで読書しながら待機すること、しばらく。

——カチッ……コチッ……カチッ……コチッ……

時計の秒針の音が妙に大きく響いている気がして、なんだか落ち着かなかった。

かつてないくらい、家の中が静かに思える。

「ん、もうこんな時間か……」

ふと見た時計が指し示すのは、既にすっかり夜中と呼んで差し支えない時刻だ。

唯華もぐっすり眠ってるみたいだし、流石に俺もそろそろ休むか……。

「…………………ぅん」

……ん？　今、なんか聞こえたような……？

「…………くぅん」

この声……唯華が俺を呼んでる……？　もしかして、体調が悪化したのか⁉

「唯華ー……？　大丈夫かー……？」

とはいえ寝言の可能性も考慮して、小声で窺いながらそっと唯華の部屋に入る。

「秀くぅん……」

唯華は、ベッドに臥せたまま。

「どうした？　俺に何かしてほしいこと、あるか？」

「ん……」

だけど尋ねると小さく首が縦に動いて、どうやら寝言ではないことが確認出来た。

「何をすればいい？　何でも言ってくれ」

足早にベッドへと歩み寄りながら、尋ねる。

「暑ぅい……」

「あっ、そっか……ごめんな、気が利かずに」

たぶん熱で体感温度が上がってるんだろうと思い、冷房の温度を少し下げる。

「違うのぉ……」

だけど、唯華は呻くように不満げな声を上げる。

「これぇ……暑ぅいのぉ……」

これ、といいながら唯華はパジャマの胸元を引っ張った。

その中が見えそうになって、俺は慌てて目を逸らす。

「そ、そうか、着替えが欲しかったんだな。わかった、今出すから……」

「違うのぉ……」

衣装簞笥の方へと向かおうとすると、力ない手で手首を摑まれて。

「暑いからぁ……秀くん、これぇ……」

これ、と唯華は変わらずパジャマの胸元を引っ張りながら。

「脱がせてぇ……？」

…………。

……………。

「はいっ⁉」

ヌガセテ⁉

聞き違えか幻聴の類かと思った……あるいは、そうであってくれと祈ったけれど。

「ねぇ……早くぅ、脱がせてぇ……？」

残念ながら、そのどちらでもなかったらしい。

「や、唯華、流石にそれは……」

「んゅぅ……暑いのぉ……」

頬をヒクつかせながらの俺の言葉は届いているのかいないのか、唯華はむにゃむにゃ言いながらパジャマのボタンを何度も指で擦っている。あぁ……熱でわけわかんなくなって、自分じゃボタンを外せなくなっちゃってるのか……。

そうなると……えーい、覚悟を決めろ！　今は唯華のために、尽くすのみ！

「……あぁ、わかったよ」

大きく深呼吸をした後、頷いて返す。

「唯華？　それじゃ、ボタン外していくからな？」

「んゅ……」

頷きなのか呻きなのかよくわからない声を受けて、慎重に手を伸ばし……まずは、パジャマの第二ボタンを外す。かなり目のやり場には困るけど……ここまでは、経験済みだ。

「はぁっ……」

第二ボタンを外したことで少し解放感が生まれたのか、唯華の表情がどこか和らいだ気がした。よし……後は極力見ないよう、余計なところに触らないように外していって……。

「唯華？　ちょっと、身体を起こせるか？」

「ん……」

背中に手を差し込み、唯華をそっと起き上がらせる。

「それじゃ、脱がすからな？」

「早くぅ……」

「わ、わかってるって」

唯華に急かされるまま、汗で重くなったパジャマを引っ張って唯華の腕から引き抜く。

「っ……」

一瞬だけ下着が視界に入ってきて、咄嗟に目を逸らした。

と、ともあれ、これで後は薄手のパジャマを着てもらえば……。

「汗ぇ……」

「……ん？」

新たな要求？　に、首を捻る。

「汗ぇ……気持ち悪ぅぃ……」

「あ、あぁ……そっか、そうだよな」

このまま新しいのを着ても、肌に残った汗ですぐにぐっしょりになっちゃうだろう。先に汗を拭いてあげるのが最善……とは、わかってるものの。

「……オーケー、すぐにタオル持ってくるから！」

迷ったのは一瞬だけ。水を溜めたタライとタオルを持って、手早く戻ってきた。

「それじゃ、拭いてくからな？」

目を細めて、視界は最低限に。

「んひゃっ……」

絞ったタオルをそっと背中に当てると、唯華は小さく悲鳴を上げた。

「あっ、ごめん。冷たかったか？」

そう思って、慌てて手を引っ込めたけど。

「気持ちぃぃ……」

どうやら杞憂だったらしいと、安堵して手の動きを再開させた。

「…………」

「…………」

しばしお互い黙り込んだまま、タオルが肌を擦る僅かな音だけが耳に届く。

「秀くん……」

「うん？　どうした？」

極力優しい声を意識して返事しつつも、はてさて次は何を要求されるのか……と、内心では戦々恐々である。

「ありがとねぇ……」

「ははっ……いいって、これくらい」

だけど出てきたのはお礼の言葉で、安堵の気持ちと共に軽い調子で返す。

「ありがと……ありがとねぇ……」

お礼を繰り返す唯華には、俺の言葉が届いていないのか……なんて、苦笑していたら。

「ありがとねぇ……いつも一緒にいてくれてぇ……」

「えっ……？」

続いた言葉に、妙に胸がざわめいた。

「ありがとねぇ……私を受け入れてくれてぇ……」

……もしかすると、それは。唯華が、普段から抱えている想いなんだろうか。

「ありがとねぇ……私と、結婚してくれてぇ……」

だとすれば……嗚呼、そんなのは。

「……そんなの全部、俺の方こそだよ」

そっくりそのまま、普段から俺が思ってることだ。

「ありがとな……唯華」

今の唯華に伝わるのかはわからないけど、本心からのお礼を返す。

「秀くぅん……大好きぃ……」

「ん……俺もだよ」

少しだけ恥ずかしいけれど、これも本心からの言葉。

「んぅ……」

ふと、唯華はむずかるみたいに首を横に振った。

「違うのぉ……」

「違う……?」

言っている意味がよくわからず、つい疑問の声が口を衝いて出る。

「秀くんのとはぁ……違うのぉ……」

「……えっ？」

それは……本当に、どういう意味なんだろうか。

「それって……」

「んゅ……秀くん……」

思わず問い返そうとしたところで、唯華の声が被さってくる。

「前も拭いてぇ……」

「え？　あぁうん、身体の前の方も拭いてほしいんだな？　了解だ」

話題が変わって？　の要求に、反射的に頷く。

「……んんっ？」

それから、その内容を理解して。

「前も拭くっ……⁉」

ギリギリで叫ぶのを堪えられたのは、俺の精神力の賜物だと思っていただきたい。

「や、唯華……前は自分で拭いてほしいっていうか……」

「拭いてぇ……」

「それは流石にマズいだろ……⁉」

「拭いてぇ……」

「ほら、タオルを自分で手に持って……！」

「拭いてぇ……」

駄目だ、これ無限ループに入ってるやつだな⁉

えーい……わかった、こうなりゃとことんやってるよ！

「俺は空気……俺は虚無……俺は実体なきもの……」

己を滅し、限界までソフトなタッチで、触覚を脳から切り離すつもりで……その後、最後に「下も脱がして拭いて」と続いた唯華の要求に応じて全身の汗を拭き取ってみせ、薄手のパジャマを着せるというミッションまで完遂したのだった。


「スッキリぃ……」

「それなら良かったよ……」

言葉通り心地よさそうな唯華の表情に、ようやく役目を終えられると安堵の息を吐く。

「それじゃ、おやすみ」

「駄目……」

だけど、そっと腰を上げたところで唯華に手を握られた。

「わかった、また唯華が眠るまで傍にいるよ」

夕方の件を思い出し、小さく笑いながら手を握り返す。

「駄目ぇ……」

「ん、おっ……!?」

すると思ったより随分と力強く引っ張られ、ベッドに倒れ込んでしまった。

「ごめん、すぐどくっ……！」

と、立ち上がろうとしたんだけど……。

「んっ……」

その直前、唯華が後ろからギュッと抱きしめてきて。

「一緒に寝るぅ……」

「…………イッショニネル!?」

流石に想定外過ぎる言葉に、思わず大きめの声が出てしまった。

「えっ、と……これも冗談、だよな……？」

同棲初日のくだりを思い出して、恐る恐る尋ねる。

「すぅ……」

だけど、返ってくるのは心地よさそうな寝息のみ。

まぁまぁ強い力でホールドされてるのもあって、唯華の柔らかさ……もとい、高めの体温が背中越しに伝わってきて。

「すぅ……すぅ……」

首元には、後ろから心地よさそうな寝息が掛かってくる。

……ようやく眠れたんだし、今俺が動いて起こしちゃうのも可哀そうだよな。

というわけで。

「俺は空気……俺は虚無……俺は実体なきもの……無機質な抱き枕であれ……！」

再び、己を滅さんと小声で唱えるのだった。

♠　♠　♠

そうして、翌朝。

「おっはよー、秀くんっ」

キッチンに顔を出した唯華の挨拶は、元気に満ちたものだった。

「おぅ……おはよう、唯華……」

一方で、俺の返事は若干ドヨンとしたものとなってしまう。

「もう、身体は大丈夫か……？」

「うん、ぐっすり眠ってバッチリ回復！　さっき熱も測ったけど、完璧平熱だったよ！」

「そりゃ何よりだ……」

顔色もすっかり良くなってるし、確かにもう大丈夫そうで心から安堵する。

「ていうか秀くんの方こそ、なんだかぐったりしてるように見えるけど大丈夫？　もしかして……風邪、移しちゃった？」

「や、そういうわけじゃなくて……ちょっと寝不足なだけだよ」

「ならいいけど……」

あぁ、実際深刻な状態なわけじゃない。単に……昨晩、一睡も出来なかっただけである。女の子に抱き締められた状態で眠れるほど、女性慣れしているわけがないのだ……今朝方になって、ようやく唯華のホールドの力が緩んだ隙を見て脱出した次第である。

「あー……その、唯華」

「うん？　なに？」

唯華と顔を合わせるのが気まず過ぎて、悶々(もんもん)してたんだけど……唯華の方は、ケロッとしてんな。下着姿で汗を拭いてもらった上に一緒に寝るくらい、どうってことないってことだろうか……まぁ、『親友』相手だしな……。

「昨日の、夜のことなんだけどな……？」

わざわざ俺から口に出したい話題じゃなかったけど、ちょっと確かめたいこともある。

「夜？　リンゴを食べさせてくれた時のこと？」

「じゃなくて、その後……」

「その後って？」

「……んんっ？」

あれっ……？　まさか、唯華……。

「あれから私、一度も起きてないけど……私が寝てる間に、何かあったの？」

「んっ、あっ、そう、なるほどね、そういう感じねっ」

あの時の記憶が丸っと抜けてんのか……⁉

確かに、熱に浮かされてわけわかんなくなってたっぽいしなぁ……。

「や、悪い……なんでもない」

「そう？　ならいいけど」

例の件……『違う』って言われたことについて少し気になってたんだけど……ま、覚えてないならしゃーないか。

♥　♥　♥

はい、ごめんなさい！　ゴリッゴリに覚えてます……！　最初から最後まで全部……！

だけど、狙ってやったわけじゃないっていうか……あの時の私は熱でぼんやりしてわけわかんなくなっちゃって、頭ん中のことがだだ漏れみたいな状態だったんだよね……。

それにしたって、秀くんに汗を拭かせるとか何してんの私ぃ⁉　って感じだけど……！

おかげでなんだか今も全身に秀くんの手の感触が残ってるみたいで、なんだかドキドキする……じゃなくて！　秀くんに申し訳ない気持ちでいっぱいだよ……！

秀くんはあくまで紳士的に、優しく汗を拭ってくれたけど……こんな形で初めて下着姿を晒すことになるだなんて、あまりに計算外だし！

しかも、その後は秀くんをギュッと抱き締めたまま眠っちゃったみたいで……今朝起きたら目の前に秀くんがいて、めちゃくちゃビックリしたよね……ギリギリで声を出すのは我慢出来て、そっと手を離すと秀くんはすぐに出ていったけど……たぶん、ずっと起きてたんだろうな……と思うと、ホント申し訳ない……。

ただ、このままじゃどんなふうに秀くんと顔を合わせれば良いのかわからなくて……。

「昨日はありがとね、秀くん。私が眠るまでずぅっと看病してくれて」

なかったことに、しました。私は、何も覚えていない。世界は主観であり、覚えていない過去は存在しなかったのと同義である。そういうことに……してくださいっ……！

それに……ちょっと、際どい発言もしちゃったしね。秀くんと私の、『好き』は違う。

それは、私の胸に秘めておかなきゃいけないことだから……少なくとも、今はまだ。

「ははっ……昨日から何度も言ってるけど、大したことはしてないって」

幸いにして、秀くんは私があの時のことを覚えてないってすっかり信じてくれてるみたい。騙してることが、心苦しくはあるけど……ここは、飲み込んでおく。

「しかし、昨日の唯華は子供に戻ったみたいでちょっと可愛かったな」

これはたぶん、夕方にリンゴを食べさせてもらったりした時のことだよね？

「ちょっとー、それは普段の私は可愛げがないってことー？」

というわけで、わざとらしく唇を尖らせながら不満げに返す。

「いやいや、勿論普段から唯華は世界一可愛いけどな」

えへへ、世界一可愛いだって……って、危ない！　顔が緩みそうだった……！

冗談めかしてるとはいえ、不意打ちは効いちゃうんだってぇっ……！

秀くんの前では、クールにクールに……！

「そんな私が更に可愛くなっちゃうんなら、定期的に熱を出しちゃおっか……」

「唯華」

なー、って続けようとしたところで、真顔で私の両肩に手を置いた秀くんに遮られた。

「身体は、大切にな」

「えと……」

静かな声ながら妙に迫力があって、思わずたじろいじゃう。

「くれぐれも、身体は大切に……な？」

「あ、はい……」

有無を言わさない感じの圧力に、私は頷くしかなかった。

昨日の晩みたいなことは二度と起こさせない、っていう秀くんの覚悟を感じるね……。

「そ、それはともかくっ」

笑顔を浮かべようとしたけど、ちょっと強張（こわば）ってるのを自覚する。

「私もすっかり良くなったし、今日こそお出掛けしよっ」

「……いや、待て」

あれ……？　てっきり、秀くんもすぐに同意してくれると思ったんだけど……。

「万一ってこともあるからな。大事を取って、今日は家でゆっくりしよう」

あっちゃー、完全に藪蛇（やぶへび）だったなぁ……でもまぁ、私の自業自得だよねぇ……。

「……はい」

なので、素直に頷（うなず）いておくことにした。

それに……私のことを心配してくれての言葉なのは、間違いないんだしねっ。

♠　♠　♠

「それじゃ秀くん、何するっ？　ゲーム？　映画観る？　それとも、久々にボドゲでもやろっか？　こないだ買った新しいの、まだ一回もやってないしっ」

割と強引にお出掛けを却下してしまったわけだけど、幸いにして唯華はすぐに気を取り直してくれたみたいだ。

「そうだなぁ……」

家でだって、何をするにせよ唯華となら楽しいに違いないと俺も候補を考え……かけて。

ふと、頭をよぎったことがあった。

そうか……唯華が、昨日のことを覚えてないんだったら……。

「その前に、ちょっといいか？」

「うん？　どうかした？」

表情を改める俺に、唯華は不思議そうに首を捻る。

「ちょっと、唯華に伝えたいことがあってさ」

「えっ、なになにそんな改まって。怖いなー、もしかしてお説教とか？」

軽い調子で茶化す唯華が、昨晩言ってたこと。

あれが、もしも普段から抱えている想いなんだとしたら。もしも、自分だけが何かを享受しているんだなんて……そんな、勘違いをしているのなら。

「ありがとな、唯華」

これだけは、改めてもう一度伝えておくべきだと思った。

「えっ、っと……？」

唐突に礼を言ったもんだから、当然ながら唯華は戸惑った様子だ。

「俺の隣に戻ってきてくれて。俺を、結婚相手に選んでくれて……ありがとう」

「……あはっ、急にどうしたの？」

なんて、唯華は軽く笑う。

「んっ、ちょっと考える機会があってな」

そう。昨日、唯華に礼を言われて……唯華に礼を言って、改めて実感したんだ。

「毎日毎日楽しくて、どこにいるより落ち着ける場所が誰かの隣にあって、勝負に熱くなれる対等な相手が一番身近にいて……こんな『新婚生活』が俺に訪れるだなんて、少し前までは想像もしてなかった」

「ふふっ、相変わらず秀くんは大げさだなぁ」

唯華は、クスリと笑う。

「でも」

それから、笑みを更に深めた。

「それは、私だって同じだから……そっくりそのまま、お返ししますっ」

「そっ……か」

その微笑(ほほえ)みが、本当に綺麗(きれい)で……思わず見惚(みと)れてしまいながら、俺はなぜだか変に高鳴っていく己の心臓の位置に半ば無意識に手を当てていた。

俺が唯華に対して、何か出来ているのかなんて正直わからない。それでも……唯華の生活を彩るのに、少しでも貢献出来ているというのなら。

こんなに嬉(うれ)しいこと、はないと思う。

♥　♥　♥

「さてっ、今日はやっぱりボドゲにしよう。私、取ってくるねっ」

「あ、おぅ……サンキュ」

今思いついたって感じで言いながら、秀くんに背を向けて……その瞬間、頬(ほお)が一気に熱を持っていくのを自覚する。

ど、どうにかギリで耐えられたぁ……！　もう……ホントに秀くんったら、相変わらず不意打ちな上に言葉がストレートなんだから……！

でも……だからこそ、本当にそう感じてくれてるんだなぁって実感出来る。

本当は、ちょっと不安なところもあったんだ。

私から提示したこの結婚、秀くんにとっては他に選択肢がなかったから選ばざるを得なかっただけで。嫌々とまでは言わないまでも、色々と妥協して我慢して無理に私に合わせてくれてるんじゃないかって。熱に浮かされてたとはいえ唐突にお礼なんて言っちゃったのは、そんな私の懺悔みたいなものだったんだと思う。

勿論、妥協や我慢が全くないってわけじゃないんだろうけど……それでも、秀くんも楽しいって感じてくれているなら。私の存在が、秀くんの生活がより良いものになるのにちょっとでも寄与出来ているのなら。

こんなに嬉しいことって、ないよねっ！

第5章　俺の妹、こんな子です

唯華（ゆいか）が熱で倒れた翌週の休日。

前回延期してしまったお出掛けを本日改めて、ということで。

「秀（しゅう）くん、次これよろしくー」

「あいよー」

唯華が三つのコンロをフル活用して仕上げていく料理を、俺はせっせとバスケットに詰めていた。大きめのバスケットだけど、既に大部分が美味（おい）しそうな料理で埋まっている。

「ふぅ……これでラスト、っと。秀くん、後はこっちでやっとくから」

「ん、それじゃ俺は他の準備進めとくわ。何いる？」

「水筒とー、お手拭きとー、あとレジャーシートもかな」

「レジャーシートなんてあったっけ……？」

「私の部屋の押入れに入ってるから」

「りょーかい」

そんなやり取りを交わしながら、キッチンを出ようとして……ふと。

「ところで、今日は結局どこに行くんだ？」

そういえば、まだ本日の目的地を聞いていないことを思い出した。

「ふふっ」

唯華は、ニッとイタズラを企む子供のような笑みを浮かべる。

「題して……思い出の場所、周回ツアー！」

「……なるほどな」

それを聞いただけで、大体のところは察せられた。

♠　♠　♠

「こちら、足がハマって抜けなくなった秀くんが半泣きになっていた溝でございまーす」

「俺がどうにか抜けた後、『こんなの、抜けなくなるわけないじゃん！』なんて言ってわざわざ自らハマりにいった唯華が半泣きになった溝でもあるな」

何でもない側溝を指してツアーガイドのようなことを言い出した唯華に、軽口を返す。

「おっ、ペス！　良かった、まだまだ元気だね！　秀くんに吠えかかって泣かせようとする姿勢、昔っから変わらないね！」

「昔っからだけど、こいつ明らかに唯華の方を向いて吠えてるからな……？」

門扉の隙間から俺たち……というか唯華に対して吠える大型犬、ペスの前を通り過ぎ。

「この駄菓子屋、変わんないねーっ」

「店主の婆ちゃんも、マジで十年前から全然変わってねぇからな……」

駄菓子屋の中を覗いて、笑い合った。

そんな風に、俺の実家近辺を練り歩きながら昔を懐かしむ。二人で昔よく走り回っていたこの辺りは、そこら中に思い出があって話題は尽きない。俺にとっては今でも見慣れた道だけど、唯華にとっては十年間離れていた土地だから随分懐かしい気持ちなんだろう。

「あっ……ここ、マンション建ったんだ」

変わらないものもあれば、勿論変わるものもあって。鬼ごっこにかくれんぼにヒーローごっこにと遊び回っていた空き地に建てられたマンションを眺め、唯華は少しだけ寂しそうに目を細める。

「ところで」

けど、振り返ってくる頃にはそんな寂寥はすっかり消え去っているように見えた。

それはたぶん、俺が心配しないようにっていう唯華の気遣いだろう。

「この辺りからもう、秀くんちの私有地なんだっけ？」

「あぁ、山の方はほとんど放置されてるけどな」

なんて言いながら歩いているうちに、景色にだんだん緑色の割合が大きくなってきた。

「っと、あったあった。良かったぁ、昔とほとんど変わってないね」

と、山に続く獣道を見つけて唯華は嬉しそうに笑う。

この道に沿ってしばらく登ると、ちょっと開けた所にたどり着く。そこは、かつて俺たちが『秘密基地』を築いていた場所だ。今日の目的地、一つ目である。

「それじゃ……よっ、っと」

ちょっとした掛け声と共に、俺は少し高めの段差に足をかけて一気に上がった。

昔はよじ登らなきゃいけなかったけど、今じゃ一足だ。

「ほい」

そして、振り返って唯華に手を差し出した。

別に一人でも大丈夫だと思うけど、上からの補助があった方が楽だろう。

「ふふっ……昔と、逆だね」

俺の手を見上げて、唯華は小さく笑う。

「……確かにな」

特に、意識しての行動じゃなかったけど。

そういえば……昔は、俺がゆーくんの手を見上げる方だった。

「ホント、すっかり頼もしくなったよねー」

「……引っ張るぞ」

「ありがとっ」

クスクス笑う唯華の視線が妙にくすぐったくて、顔を逸らしながら引っ張り上げる。

「基地、どんな感じで残ってるかなー？」

「どうだろうな。跡くらいはあると思うけど」

ダンボールやらビニールシートやらで子供なりに頑丈に補強していたつもりながら、十年も放置した『秘密基地』だ。俺たちも、無事な姿で現存してるだなんて考えてない。残骸にでも再会出来たら御の字……くらいに、思ってたんだけど。

『……えっ？』

いざ視界が開けた先に、あの頃のままの秘密基地の姿を見つけて。

タイムスリップでもしたかのような感覚に陥り、俺たちは揃って呆けた声を上げた。

「えっ凄い凄い！　そのまんま残ってる！」

「そんなこと、あり得るのか……？」

唯華は純粋にテンションが上がってるみたいだけど、俺としてはちょっと受け入れがたい事実だ。いやまぁ、受け入れがたいも何も目の前に物証があるわけなんだけど……。

「中は……あれっ？」

一方、ビニールシートを捲って中を確認した唯華はなぜか首を捻った。

「……あぁ」

俺も中を覗くと、なるほどそういうことかと納得する。

真新しいドングリやら、今年の戦隊ヒーローのオモチャやら。基地内には、明らかに最近持ち込まれたものが散見された。外観も改めてよく見てみれば、あの頃の姿そのままじゃなくて。俺たち以外の手による改修なんかも加わってるみたいだ。

「どうやら、今は後輩さんたちに受け継がれてるみたいだねっ」

「だな」

つまりは、そういうことなんだろう。俺たちが来なくなった後、別の子たちが基地を発見して自分たちで改造していった。十年も経ってる割に随分綺麗なのは、何代かに亘ってずっと受け継がれているからだと思う。そう考えると、なんというかこう……。

「ふふっ」

「ははっ」

言葉を交わさずとも、なんとも面映そうに笑う唯華と気持ちが通じ合っていることがわかった。どこか誇らしいような、秘密を暴かれて少し恥ずかしいような。

「ちょっとだけ、お邪魔しちゃおっか」

「そうだな……初代の主として、少しくらいは許してもらえるだろ」

そんな何とも言えない表情のまま、俺たちは基地の中に入り込む。

「あはっ、流石(さすが)に狭いねー」

「……だな」

当然ながら、子供サイズで作ってある基地は今の俺たちには随分と窮屈だ。体育座りで唯華と並ぶと、腕が完全に触れ合う距離だった。

唯華はただただ楽しそうだけど、俺としてはこの距離感……緊張していることを悟られないようにするのに、意識の大半を割く必要があった。

♥　♥　♥

いやぁ、ねぇ？　この距離感はさ……。

すっっっっごいドキドキするよねぇ……！　どうしよう、緊張が表に出ちゃってないかな……!?　急に口数が減っちゃうと露骨だし、何か話題話題……！

……なんて考えていると、ふと私にとって印象深い場面が脳裏に蘇(よみがえ)ってきた。

「ねっ、秀くん。覚えてる？」

その日も私は、女の子らしくあれって方針を押し付けてくるお祖母様に反発して、家を飛び出して……ここで、秀くんが来てくれるのを待ってた。彼に「ゆーくん」って呼んでもらえる時間だけが、本当の私でいられるように思えて。

だけど、ふと思ったの。秀くんは、あくまで『ゆーくん』……男の子の友人と、接しているつもりなわけで。別にそんなつもりもなかったんだけど、結果的には彼を騙す形になっていて。私が女の子だってバレたら、嫌われちゃうんじゃないかって。

そう考えると怖くて、泣きそうになっちゃって。

「私が、『もしもボクが女の子だったらどうする？』って訊いた時のこと」

顔を覗かせた秀くんに、つい聞いちゃったの。秀くんにしてみれば、「何を言ってるんだろう？」「意味わかんないな」って感じの質問だったと思う。

きっと、もう覚えてなんて……。

「どうもしないよ」

「えっ……？」

秀くんの、その言葉は。

「ゆーくんが男の子でも女の子でも、友達なのに変わりはないから」

茶化すでも流すでもなく、ただ真摯にそう答えてくれたあの日と同じものだった。

「覚えてて……くれたんだ」

「なんとなく、印象に残っててな」

秀くんは、前を向いたままどこか照れくさそうに笑う。

「あのね……私、秀くんのその言葉でなんだか救われたような気持ちになれたの」

「ははっ、そんな大げさな」

「ホントだよ？」

秀くんが受け入れてくれるなら、私自身……いつか、女の子な自分も受け入れられそうな気がしたの。

「ま、あの時はそんな深く考えて答えたわけじゃなかったけど……」

と、秀くんは軽く苦笑して。

「ちょっとでも、唯華の力になれてたのなら良かったよ」

私に向けて、微笑みかけてくれる。きっとそれは、当時の私の心境を慮ってくれたから。その気持ちがじんわり温かく胸に広がっていって、心臓の鼓動が高鳴る。

「っ……」

それから、秀くんはハッとしたような表情になって顔を前に向け直した。

「そ、それよりほら、基地の今の主が来ちゃったら困るし！　そろそろ次に行こうぜ！」

ちょっと早口で話題を変えるのは、この距離感を改めて意識しちゃったからかな？

秀くんの頬は、少し赤くなっていた。

「うん、そうだねー」

名残惜しい気持ちもあったけど、私も頷いて同意する。

だって……私もそろそろ、心臓がホントに限界迎えちゃいそうだからねぇ！

ただでさえこの距離でドキドキしているのに、あの日のことで更にドキドキさせてくるなんて……もう、秀くんってばズルいんだから！

♠♠

♠♠

♠♠

「うひゃっ!?　流石に、まだちょっと冷たいねぇ！」

「ははっ、ホントだな」

二つ目の目的地……秘密基地から少し下ったところにある沢で、俺たちはちょっとはしゃいだ声を上げていた。子供の頃は躊躇せず全身で飛び込んだもんだけど、流石に今は靴を脱いで浅いところを歩く程度だ。

秘密基地でのやり取りからこっち、俺たちの間には若干微妙な空気が流れてたんだけど……それも、ここで冷やされてようやく収まってきた感がある。

「さってと、そろそろお昼にしよっか」

「ん、そうだな」

ちょうど腹が減ってきたところでの申し出に、俺は一も二もなく頷いた。

担いできたレジャーシートを河原の平らになっているところに敷いて。その上に座りながら唯華がバスケットの蓋を開ける。そして、中を覗き込み……。

「……あれっ、しまったなぁ」

いかにもしくじった、といった表情になる。

「どうかしたのか？」

「うん、これ……」

と、唯華はバスケットの中から箸を一膳取り出した。

「もう一つ入れるの、忘れちゃった……」

「なるほどな」

俺も、思わず苦笑する。

「うーん、なら……どっちかが先に食べるか？　もしくは交互に箸を受け渡しする？」

それくらいしか思い浮かばないけど、それってどっちにしろ間接……。

「それより、もっと良い方法があるよっ」

「おっ、ホントか？」

唯華の優秀な頭脳から導き出された解決方法、是非とも伺いたい。

「はい、あーん」

……と思っていたら、なぜか唯華は卵焼きを箸で摘んで俺の口の前まで持ってきた。

「…………これは？」

なんとなく察しつつも、一応尋ねてみる。

「秀くんの好みに合わせて、甘めにしてあるよ」

「味の話じゃなくて」

つーか、わざと言ってるよな？

「これが一番効率的でしょ？」

「……なるほど？」

そうかな……？　そうかも……いや、そうかなぁ……!?

「それに子供の頃は、当たり前に一緒のお箸使ったりしてたじゃない？　今更気にするようなことでもないでしょ」

「……確かにな」

そう考えると……俺が、過剰に意識し過ぎなのか？　唯華的には、これも『過剰なお気遣い』の範疇に入るんだろうか。だとすれば……。

「ん……それじゃ、いただくよ」

と、俺は差し出されたままの卵焼きを口に入れたのだった。

♥　♥　♥

最近、ちょっと懸念していることがある。

「うん、美味いよ」

「ふふっ、良かった」

それは……秀くん、チョロ過ぎ問題。

大丈夫？　いつか、悪い人に騙されなきゃいいんだけど……なんて。

今まさに秀くんを騙してる、悪い女が言えた義理じゃないんだけど。

そう……私は、この状況に持ち込むためにわざとお箸を一膳しか入れなかったのである。

あーんと間接キスを両方達成出来るという、一挙両得の策ってやつだよねっ。

「それじゃ、私もいただこうかなっ」

実はかなり緊張してるけど、表に出ないよう注意しながら私も卵焼きを……食べる！

「ん、我ながら良い出来っ」

なんて、言ってみるけれど。

秀くんとの間接キスだって意識しちゃうと、味がよくわからないかも……！

ともあれ、ここまでだとまだ計画は不完全……！

「はいっ、秀くん。あーん」

それから、秀くんの口の前まで持っていくと、ゴクリと息を吞む気配が伝わってきた。

唐揚げを秀くんは何かを覚悟するような表情になって。

「あむっ」

唐揚げを、口に入れてくれた。これにて、お互いに間接キス達成……だねっ！

そこからは、同じお箸で交互に食べ進めていく。秀くんも慣れ始めたのか、さっきより

は随分弛緩した空気感になってきた。私は内心、まだドッキドキだけど……。

「ふっ、ははっ」

なんて思ってたら、私の顔を見て秀くんが急に笑い出す。

「？　どうかした？」

「口んとこ、ソース付いてんぞ？」

と、秀くんの手が伸びてきて……そっと、私の唇を撫でた。

「こういうとこは、昔っから変わらないな」

なんて、微笑みながら……秀くんは、ソースの付いた自分の指をペロリと舐める。

「っ……！」

いや、ちょっ、それ……！　私の判定では、もうほぼキスなんですけどっ⁉

「……？」

固まっちゃった私を見て、秀くんは一瞬不思議にそうに首を傾げて。

「……あっ⁉」

続いて、自分の指を見て目を見開いた。

「わ、悪い！　ついつい、子供の頃の感覚で……！」

「あっ、ううん、全然。突然で、少しビックリしただけ。取ってくれて、ありがとねっ」

どうにか動揺を表に出さないよう、軽い調子で返しながら……今日一番ドキドキしている胸を、そっと押さえる。

もう、秀くんったら……天然でこっちの策略を超えてくるんだからっ……！

♠　♠　♠

唯華の作ってくれたお弁当を、二人で平らげて。

次の目的地に向かうためひとまず山を降りて、住宅街まで戻ってきた時のことだった。

「さて、この後はー……んんっ？」

唯華の言葉の途中……ポツリと降ってきた雫で頬が濡れて、唯華と揃った動きで天を見上げる。すると山で見た時には晴れ渡ってた空が、いつの間にか暗雲に覆われていて。

──ゴロゴロゴロゴロォ……！

どこからか雷鳴が轟いてきたかと思えば、たちまち激しい雨が降り始めた。

「うっひゃー!? めっちゃ降ってくるー!?」

「とりあえず、どっか雨宿り出来るところまで走ろう！」

「りょーかーい！」

そんな会話を交わした後、二人でダッシュ。

同時に、近くに雨宿り出来るような場所はなかったかと頭の中で地図を開く。

……いや、待てよ？　いつ止むかわからないし、それならいっそ……。

「よしっ、実家まで行くか！　今日はそのまま向こうで一泊しよう！」

「あっ、なるほどね！」

ここから俺の実家までなら、大した距離じゃない。急に帰ると向こうもバタバタしちゃうだろうけど、緊急避難ということで許していただきたいところである。

♠

♠

♠

玄関の扉を慌ただしく開け、俺、唯華の順で実家に転がり込む。

「ふぅ……ただいまー！」

「お邪魔しま……じゃなかった。ただいま帰りましたー！」

俺に続いて挨拶した後、唯華は「ふふっ」と面映そうにはにかんだ。昔はよく遊びに来てた俺ん家だけど、だからこそ「ただいま」がまだ慣れないのかもしれない。

「今の声、もしやと思いましたが……」

なんて思っている間に、家の中からそんな静かな声が聞こえてきて。

「やはり、兄さんと義姉さんでしたか」

顔を覗かせたのは、俺の二つ下の妹である一葉だ。

艶やかな長い黒髪に、どこか眠たげにも見える愛らしい目つき。基本的にあまり表情が動かないのもあって、人形のような可愛さ……なんて、俺が言うのは兄馬鹿が過ぎるか？

「おかえりなさい、お二人共。急なご帰省ですね」

「連絡も無しに悪い。ちょうど近くまで来てたタイミングで、雨に降られちゃってさ」

「そのようで……タオル、持ってきますね」

「あぁ、ありがとう。助かるよ」

俺の礼に小さく頷いた後、一葉は踵を返す。

「結構濡れちゃったねー」

「だなー……っ⁉」

ようやく一息つけた気分で、何気なく相槌を打ちながら振り返り。

「わ、悪いっ！」

「ん？」

慌てて視線を逸らした俺に、唯華が疑問の声を上げた。

「あぁ……もしかして、これ？」

視界の端で、唯華がシャツの胸元を持ち上げるのが見える。雨に濡れたことによって完全に透けてしまっており、さっきはモロに見てしまった……パステルグリーン。

「ふふっ……秀くんが見たいなら、いくらでも見てくれていいんだけど？」

なんて、からかってくる唯華。俺を信頼してくれてるからこそなんだろうけど、とはいえ流石にちょっとこれは無防備過ぎないだろうか……？

ここは、一度ちゃんと言っておいた方が良いのかもしれない。

「……あのな、俺だって、男なんだぞ？」

下の方を見ないよう、唯華の顔だけを見つめながらその手首を両方掴んで肩の上まで持ち上げる。これで、唯華はほとんど身動き出来ないはずだ。

「変な気を起こしたら、どうするつもりだ？」

それから、出来るだけドスの利いた声を意識して耳元に囁きかけた。

これで、ちょっとは危機感を持ってくれれば……。

「……んふっ」

と、思っていたんだけど。

「そんな意気地もないクセにぃ」

「ぐむっ……！」

流石というか何というか、ニマリと笑う唯華には完全に見抜かれてるな……。

見事に空回った形になる俺は、恥ずかしくなって顔を背ける……と。

「うぉっ⁉」

思わず、ビックリして叫んでしまった。

「…………」

とっくに行ったと思っていた一葉が、なぜか廊下の角から顔を覗かせて俺たちのことをジィィィィィィィィッと凝視していたためである。

「か、一葉……？　どうかしたか……？」

「……いえ、別に」

それだけ言って、今度こそ一葉は奥の方へと消えていったけど……何だったんだ……？

……昔は、兄さん兄さんって俺の後をついてきて結構素直に慕ってくれてたと思うんだけど。最近の一葉は、何を考えてるのかどうにも読めなくなってしまった。特に、俺の結婚が決まってからその傾向が強まった気もするんだけど……考え過ぎ、か？

♥　♥　♥

「すぅ、はぁ、すぅ、はぁ……」

背中を向けた秀くんに気付かれないよう、小さく深呼吸を繰り返す。

今のは、危なかったぁ……！　一葉ちゃんが立ち去るのがもうちょっと遅かったら、この真っ赤なニヤケ顔を見られちゃうところだったよ……！

それにしても、さっきの秀くんはズルいよね……！　ただでさえ、こっちは透けブラに気付かず見られちゃった恥ずかしさを誤魔化すのに必死だったのにさ……！　急に、普段は見せない『男』な部分を出してきて……凄（すご）く力強くて……！　なのに、そっと私の手首を摑む手には優しさが感じられて……！　それだけでもドキドキしてるっていうのに、低音イケボでの囁きまで……！　目ぇ瞑ってキス待ちしそうになっちゃったでしょ……！

……うん、まぁ、それはともかくとして。

さっきの一葉ちゃんの視線の意味は、「旦那の実家でイチャついてんじゃねぇよ」ってこと……なのかなぁ……？

どうにも私、昔っから一葉ちゃんにあんまり好かれてない気がするんだよねぇ……。

両家顔合わせで十年ぶりに再会した日は、ほとんど目も合わせてくれなかったし……かと思えば、気が付くとなぜかジーッと見られてたりもしたんだけど……あれって、やっぱり睨まれてたのかな？　うーん……私は、仲良くしたいんだけど……大好きなお兄ちゃんを取られちゃった、とか思われてるのかなぁ……？

♠　♠　♠

一葉に持ってきてもらったタオルで一通り身体を拭いた後、俺と唯華はとりあえずびしょ濡れの服を着替えることに。まずは先に、唯華に俺の部屋で着替えてもらっている。

「秀くん、ありがとー。服、借りたよー」

なんて言いながら、着替え終えたらしい唯華が出てきた。

「あぁ、遠慮せず好きなの……をぉ!?」

唯華の格好を目にした瞬間、俺は慌てて視線を逸らす。

「なんでシャツしか着てねぇんだよ……⁉」

唯華が、ダボダボのシャツの下に何も穿いていなかったためである……！

「ちゃんと下着も着けてるけど？」

「そういう問題じゃなくて……！」

「だってさー、流石に秀くんのじゃ下はサイズが合わないよー」

「まぁ、それはそうかもだが……」

……ん？　なんか、視線を感じるような……。

「……うぉっ⁉」

何気なく目を向けると、またも廊下の角から顔を覗かせて俺たちのことをジィィィィイィィィィイィッと凝視している一葉と目が合って思わず叫んでしまった。

さっきといい、一体なんなんだ……？

ま、まぁいいや、ちょうどいい。

「一葉、悪いんだけど唯華に何か穿けるの貸してやってくれないか？　一葉のなら、サイズ的にもたぶんギリいけるだろ」

「……えぇ、私のもので良ければいくらでも。義姉さん、ついてきていただけますか？」

「あっ、うん。ありがとう……ごめんね？」

「特に謝っていただくようなことはなかったかと思いますが」

「あはは……確かにそう、かもね」

一葉の考えがイマイチ読めないせいだろう。唯華にしては珍しいことだけど、どうにもやりにくそうな雰囲気を感じる。うーん、仲良くしてくれるといいんだけど……。

一葉ちゃんの部屋に向かう途中。

「あの……一葉ちゃん。もしかして、怒ってる……かな……？」

「？　私が、何に怒るというのです？」

恐る恐る尋ねる私に、一葉ちゃんは不思議そうに首を捻った。

「や、ううん、違うならいいの。ごめんね、急に変なこと聞いちゃって」

「別に構いませんが」

義妹がいる環境で『彼シャツ』なんて、発情したメス猫か何かですか？　とか思われたらどうしよう、って少し心配だったんだけど……どうやら、本当に怒ってるわけではないみたい。だけど、なーんかこう「思うところがあります」って顔に見えるよねぇ……。

「私は、ただ」

話はもう終わったのかと思ってたけど、一葉ちゃんはそう言葉を重ねた。

「次はどんな手を考えてらっしゃるのかな、と楽しみにしているだけですよ」

んんっ……!?　これって、たぶん……牽制、だよねぇ？

うーん、流石に実家にいる間は自重するかぁ……。

◆　◆　◆

「ところで一葉、今日爺ちゃんは？」

「今夜は友人の皆様と飲み明かすと言って出掛けましたので、戻るのは早くて明日の昼くらいではないですか」

「相変わらず元気だな……」

「お義父様とお義母様は今、海外なんだっけ？」

「ええ、ヨーロッパのどこか辺りにいるかと」

「ふふっ、アバウトだね」

義姉さんに私のスウェットパンツを貸して差し上げた後、リビングに場所を移した私たちはそんな会話を交わします。

「ねぇねぇ秀くん、今日は一晩中『勝負』出来ちゃう感じじゃない？」

「叱る人がいないからって、子供じゃないんだから……つーか別に、それは今日じゃなくても普段いつでも出来るだろ？」

「やだなー、実家にしかない懐かしのゲームだからこそいいんじゃない！」

「ははっ、まぁそれには同意だけどな」

最初は気を遣ってくださっていたのか私にも話題を振っていただいていたものの、たちまち二人で盛り上がり始めました。

「はぁ……」

思わず小さく溜め息が漏れますが、勿論お二人に届いている様子はありません。

本当に……何なのでしょう、この人たちは。

幼馴染で？　小さい頃に離れ離れになって？　再会した日に即結婚を決めた？

ありえないでしょう。現実は、甘くありません。子供の頃にどれほどの絆を築いていようと、十年もの時はそんなものを風化させてしまうのに十分な歳月です。

昔は仲が良かったから、なんて理由で結婚して上手くいくはずがありません。

「……ですが、あり得てしまったのなら」

おっと……少々感情が昂り、脳内の言葉が漏れ出てしまいました。いけないいけない。

「まぁ、真面目な話さ。唯華、弁当の用意してくれるために今朝は早起きだったろ？　今日は早めに寝るとしようや」

「そうは言うけど、逆に秀くんはそんなに早く眠れるのかなぁ？」

「いや、俺のことは別に……」

「秀くんが眠くなるまで付き合うよ？」

そう……あり得てしまったのならば。十年の時を経て尚、褪せぬ絆があるというのなら。互いを想い合い、尊重し。親友のような、恋人のような。昔と変わらないような距離感でありながら、同時に夫婦関係も成立するというのなら。

それは……そんなものは……。

「オッケー、そんじゃ最初から時間を決めとこう。二十二時までな」

「えーっ、つまんないなー？」

「納得してくれよ……唯華を、何より大切だと思ってるからこそなんだからさ」

「あ、はっ……その言い方はズルいってー」

はー？　てぇてぇが過ぎるのですがー？

今一瞬垣間見えた義姉さんの乙女の表情、完全に私を落としに来てますね？

むしろ堕としに来てますね？

「はぁっ……！」

そう……何を隠そうこの私、近衛一葉は。

「守りたい、このメス顔……！」

兄さんと義姉さんのピュアッピュアなやり取りに興奮する、厄介オタクである。

◆　◆　◆

子供の頃の私は、唯華さん……ゆーくんのことが、あまり好きではありませんでした。

大好きな兄さんを、いつも連れて行ってしまうから。優しい兄さんはちゃんと私との時間も取ってくれましたが、ゆーくん出現前に比べてその頻度は明らかに落ちました。

だから、ゆーくんが引っ越してしまうという話を聞いた時。

正直に言えば……嬉しい、と思ってしまったのです。

ですが、当時の兄さんの落ち込みっぷりは私の幼心にもハッキリ刻まれている程で。長い年月を経て、ようやくその陰も見せなくなってきたというのに。

十年も経ってようやく戻ってきたかと思えば、結婚ですって？

どれ程、兄さんの人生を掻き回すというのでしょう。そんな怒りを持って……私はこんな結婚認めないって言ってやるつもりで行った、両家顔合わせの席でのことでした。

男子のようにガサツで女性らしさの欠片もなかった義姉さんは、美しく成長しており。

「私ね、秀くんとまたこんな風にお話し出来て」

彼女が兄さんに向ける目に宿る感情は、決してただの友情だけではなくて。

「すっごく、嬉しいなっ」

恋する乙女のものでした。

「あぁ……俺もだよ」

一方で、兄さんの方は……少なくとも表面上に見られるのは、友情のみ。ですが、成長した義姉さんの女性らしさを意識してしまい……そんな自分を、律しているようにも見えました。恐らく、お互いに相手が自分に対して抱いている感情は純粋な『友情』だと思っていて。だけど、少なくとも義姉さんはそれ以上を望んでいる。

この少し歪な関係性に、気付いた瞬間。

「激エモ案件やんけぇ……！」

私は、『尊み』を『心』で『理解』したのです。

◆　◆　◆

こうして、リアルで配信されるお二人の様子に悶(もだ)える厄介オタクが爆誕しました。

「ん……？　どうした一葉、気分でも悪いのか？」

おっと……少々、鼻息が荒くなってしまっていましたか？

「いえ、むしろ気分はこの上なく高揚しています」

無用な心配をかけぬよう、スンッと真顔になって背筋を伸ばします。

「そ、そうか……」

納得いただけたようで、兄さんは義姉さんの方に視線を戻し。

「あれ……？　唯華、何やってんだ？」

上半身を大きく捻って顔を逸(そ)らしている義姉さんに、疑問を呈します。

「や、ちょっと鼻の頭が痒(かゆ)くて……」

先程の「何より大切」発言を受けて緩みきってしまった頰(ほお)を隠すのにその言い訳は草

ぁ！　それで誤魔化せるのはチョロインくらいですがー？

「ん、そっか」

そして、我が兄はチョロイン過ぎて余裕で誤魔化せてて大草原でありました。

今のように、兄さんからたまに繰り出されるクリティカルヒットにより義姉さんの乙女

心がノックアウト寸前になるのも様式美。

ですが、基本は義姉さんが主導権を握っていると言って良いでしょう。さぁ義姉さん、彼シャツの次はどんな手練手管を弄して兄さんを陥落せしめんとされているのですかっ？

「…………………」

む……？　どうしたのですか、私の方などチラリと窺って。

「ごめん、ちょっと冷えてきたからシャワー浴びてきてもいいかな？」

かと思えば、兄さんの方に視線を戻してそう尋ねます。

「あぁ、勿論」

「あと、一葉ちゃん。悪いんだけど、シャワーの後に着る服、借りてもいい？」

なるほど、先程の視線はそういうことでしたか。彼シャツだけでは飽き足らず、シャワーで上気した姿で更にアピールするという算段ですね？　いいでしょう、そのためならば私のせくしーこれくしょんなどいくらでも使ってください。

「……ええ、喜んで」

言葉通り、喜びを噛み締めて私は頷いたのでした。

◆　◆　◆

……ですが、しばらく後。

「……どういうことでしょう、これは」

私は、思わずそう漏らしていました。

「そうそう、あったな！　空飛ぶお寿司事件！」

「秀くんがお皿ひっくり返しちゃって、一つだけ残ったお寿司が宙を舞っててさ」

義姉さんが選んだのは分厚いトレーナーで、明らかに露出が減っています。

とはいえ、その時点では私もさほど疑問には思っていませんでした。なるほど、露出を増やすだけが手ではないと。そこから、どう展開していくおつもりなのでしょう？　と、むしろ義姉さんがどんな作戦を立てているのかワクワクしていたのですけれど。

「なんでかわかんないけど、俺はボーッとそれを見上げてて」

『口の中にダイレクトイン！』

「私がビックリして固まってる中で、秀くんは普通にモグモグしてさ。そんで、何事もなかったかのように『うん、脂が乗ってて凄く美味しい』って」

「我ながら、その状況で味の感想かいって感じだよな」

一向にやらしい雰囲気になることもなく、思い出話で盛り上がるお二人。気が置けない幼馴染感が良く出ており、これはこれでエモいのですが……私が独自に調査し算出した計算式に当てはめれば、既に義姉さんが二回は『仕掛け』ているくらいの時間が経過しているはず。何か障害でもあるのでしょうか……？

だとすれば……直接介入は、少々主義には反しますが。

♥　♥　♥

「義姉さん」

「うん？　何かな？」

秀くんがトイレに立ったタイミングで、一葉ちゃんが話しかけてくれる。

良かった、私とは口もききたくないって感じではないみたい。

「何かあったのですか？」

「うん……？」

ただ、漠然としたその問いかけの意味はちょっとよくわからなかった。

「ごめん、何のことかな……？」

「帰って早々イチャコラしたかと思えばすかさず彼シャツなどという飛び道具まで用いていた義姉さんが、ここしばらく随分と大人しいではないですか……と思いまして」

えっと……これは、嫌味……なのかな？

「あー……ごめんね、さっきは一葉ちゃんの見てる前で。ちゃんと自重するから……」

「は⁉」

突如、なぜかクワッと目を見開いて叫ぶ一葉ちゃん。

「それを自重するなんて、とんでもない！」

んんっ……⁉

「私の存在など、空気だとでも思ってください！　元より私は、お二人の間に挟まりたいなどという無粋な思いなど欠片も抱いてはおりませんので！」

私はこれ、何を言われているのかな……？

◆　◆　◆

「というかそもそも視聴者の意向を気にしていちいち配信内容を変えていては軸がブレますのでアンチ系のコメはガン無視でオーケー見ていただいているのではなく見せてやってるのだくらいの精神でいかないといってくださいいきまっしょい！」

「めっちゃ早口で喋るじゃん……」

「……おっと、失礼しました」

思わぬ展開に、ついつい感情が昂ぶってしまいました……いけないいけない。

「にしても、まさか私が邪魔をしてしまっていたとは露知らず。これからは、お二人の視界に入らないようにしつつ気配を消して参りますので……」

「や、邪魔とかそんなことは全然ないから！」

自省する私に対して、義姉さんは慌てた様子で手を振ります。

「ただ、なんていうかほら。家族の『そういうとこ』見るのって、嫌かなって思って」

「むしろ大好物ですが」

「好物……？」

「すみません、なんでもありません」

一度タガが外れた結果、どうにも口が軽くなってしまっていけませんね……。

「いずれにせよ、実家でも義姉さんは兄さんと存分にイチャコラ……もとい、普段通りに過ごしていただければと。はい、是非に。家で過ごされている通りにありのままに！」

「そ、そう……」

再び鼻息が荒くなってしまったせいか、義姉さんが若干引き気味な気が。

「……でも、良かったぁ」

けれど、すぐにそれが安堵の表情に変わります。

「私、一葉ちゃんに嫌われてるのかなって思ってたから」

「っ……！」

まさか、そんな風に思われていたとは……！

「な、なぜそのように思われたのですか……⁉」

「や、なんかずっと睨まれてるような気がしてたし……」

「それは一瞬たりともお二人のことを見逃すまいと、ガン見していただけです！」

「何のために……？」

「リアルにはアーカイブ配信が存在しないからです！」

「アーカイブ配信……？」

「全ての生配信が一期一会なのです！」

「そ、そうなんだね……よくわからないけど……」

おっと……またも感情が昂ぶって叫んでしまいました……というか、話が逸れていく一方です。まったく、これだから進行に配慮せずコメントする厄介オタクは……。

「……とはいえ、実際」

心を落ち着け、静かに話を戻します。

「子供の頃の私が、義姉さんに良くない感情を持っていたのは事実です。兄さんを奪っていく、憎い存在だと……そう、思っていました」

「あはは、だよねぇ……」

包み隠さない私の話に、義姉さんは苦笑を浮かべます。

「ですが、それはあくまで昔の話」

義姉さんを想うと胸に温かい気持ちが広がり、私は自然と微笑んでいました。

「今は……嫌うわけ、ないではありませんか」

義姉さんの目を、真っ直ぐ見つめ。

「義姉さんは、家族なのですから」

心からの言葉を、送ります。

「……あ、はっ」

少しだけ驚いたような顔になった後、義姉さんはどこかぎこちなく笑いました。

「ありがとう……嬉しいものなんだね。『家族』だって、認めてもらえるのって」

それが、徐々に自然な微笑みに変わっていき……いーや、この距離でその笑顔はガチ恋してまうやろがい！　はぁはぁ、もう我慢出来ません……！

「……義姉さん」

「うん？　何かな？」

義姉さんは、「何でも言って？」とばかりの母性溢れる表情です。はぁっ、義姉さんの子供として転生したい……ばぶぅ……っと、それよりも。

「申し訳ございません……今、手持ちがこれだけしかございませんため」

財布から一万円札を抜き出し、義姉さんへと差し出します。

「えっ？　どうしたの急に……それ、何のお金……？」

「スパチャです」

「なんて？」

この後むちゃくちゃ課金したい旨を説明しましたが、上手く伝わらなかったようで結局お金は受け取っていただけませんでした。

♠　♠　♠

「唯華と一葉、大丈夫かな……？　流石に、喧嘩とかはしてないと思うけど……」

二人が仲良く会話してるって姿も想像がつかず、気まずい空気になってやしないかと心配しながらトイレから戻ると……。

「でね。当時の秀くんにとってはわけのわからない質問だったと思うのに、ちゃんと覚えてくれてたの。私、それで……」

「心のアレがそそり立ったのですね？」

「そそり……何？」

「失礼しました。とても嬉しかったのですね、という意味です」

「あっ、そうそう！　そういう意味なら、そそり立った！」

んんっ……？

「なんだか、何も知らない無垢な乙女を汚しているようで少々……興奮しますね」

「ん？　何か言った？」

「いえ、何も」

「そう？　空耳だったかな……？」

二人は、仲良く……仲良く？　たぶん仲良く、そんな風に話していた。まぁ仲良くなったんなら何よりだけど、俺がちょっと席を外してる間に一体何があったんだ……？

「あー……っと。二人共、何の話してるんだ？」

部屋に足を踏み入れながら、とりあえずそう尋ねてみる。

「うん。一葉ちゃんが、今日の私たちが何してたかって話を聞いてくれてたの」

「ははっ、そんなもん聞いて面白いか？」

「無論、今すぐ赤スパ連投したいくらいに」

「なんて？」

「大変楽しく拝聴しておりました、と言いました」

「そ、そうか……」

絶対一回目違うこと言ってたと思うけど、スルーしておこう……一葉、ちょいちょいよくわからないことを口走ることがあるんだよなぁ……。

「つーか、いつの間にか随分と仲良くなったんだな」

「ふっ……ＮＴＲ発生ですね。脳が破壊されましたか？」

「なんて？」

「兄さんのこともちゃんと好きですよ、と言いました」

いや、脳の破壊がどうとか聞こえた気がするけど……まぁいいや。

「ははっ……俺への好意は、ついで感が凄いな」

「いえ、本当に」

茶化して笑うと、意外な程に真摯な声が返ってきた。

「ワンチャン、いずれヨスガるのもアリかと思っていたくらいですので」

「うん……うん？」

どうしよう、妹の言っていることがやっぱりよくわからない。

「あっ、無論今はそんなこと欠片も考えていませんので。ご安心ください、義姉さん」

「えーと……よくわからないけど、とりあえず安心しておくことにするね？」

「ただ……義姉さんにはその気になれば『兄妹丼』というオプションも選択可能……！　ということは、是非頭の片隅にでも留めておいていただきたいのです……！」

「うん、意味はわからないけどとりあえず頭の中のどこかに留めておくね……」

どうやら、唯華もよくわかっていない模様。

◆　◆　◆

それから私たちは、兄さんも交えて沢山おしゃべりしました。というか、たまにコメント的に相槌を打ちつつ私はお二人のやり取りを存分に堪能しました。

それは、本当に楽しい時間で……気が付けば兄さんが定めていた寝る時間をいつの間にか大幅に過ぎていて、三人で苦笑してしまったくらいです。

そして……明けた、翌朝。

「兄さん、義姉さん」

玄関先で、今日も『思い出の場所周回ツアー』の続きに行かれるお二人を見送ります。

「今回は濃厚なゲリラ配信を、ありがとうございました」

『ゲリラ配信……？』

頭を下げてお礼を伝えると、お二人は何とも言えないような表情で首を捻りました。

「それでは……行ってらっしゃい」

気にせず、私は手を振ります。

「あぁ、うん……行ってきます」

「行ってきますっ」

すると、お二人も笑顔となって手を振り返してくれて……踵を、返しました。昨晩が楽しかっただけに、少しずつ遠ざかっていく背中を見送るのはやはり名残惜し……。

「今日も楽しみだねっ、秀くん！」

「っ⁉」

おほぉっ⁉　義姉さん、いきなり兄さんの腕に抱き着くとは大胆な！　兄さんの動揺っぷりから、このレベルのボディタッチは結構レアイベントなのでは……⁉

「あ、あぁ、そうだな……」

流石に、そろそろ声が聞こえなくなってきましたが……はい、何事かを囁き合って？　義姉さんは楽しそうですが、兄さんは苦笑気味……おおっ⁉　兄さんから義姉さんへの頭ポンポン、いただきましたぁっ！　少し顔を俯けて兄さんからは見えないようにしているようですが、こちらからだと義姉さんの緩んだ頬が丸見えです……！

……なんて様を、楽しみながら。

「……それにしても、兄さんという人は」

ふと、苦笑が漏れてしまいました。

冗談めかしているとはいえ、義姉さんのアプローチは割と露骨なものだと思うのですけれど。兄さんのニブチンは、いつ義姉さんの本当の気持ちに気付くのか……いつまでも気付かず、ずっと今の距離感のままいてほしい気持ちが全くないと言えば嘘になりますが。

義姉さんのことを思えば、早く気付いてあげてほしいものですねぇ。

♠　♠　♠

思い出の場所周回ツアー、二日目も俺たちはまたあちこちを歩き回った。

かつて二人で過ごした濃厚な日々は、街のあらゆるところに思い出として刻まれていて。

懐かしんだり新たな発見に驚いたりしているうちに、もうすっかり日も暮れかけだ。

「次が、最後だよ」

そう言って、唯華が先導した場所は。

「やっぱ、最後はここ……だよな」

「ふふっ、バレてたか」

全ての始まり……初めて唯華と出会った公園だった。

「今になって見ると、なんだか随分と狭く感じちゃうね」

「あぁ、あの頃は凄く広いと思ってたんだけどな」

そんな感想を交わし合いながら、公園の中をゆったりと歩く。

「あはっ。これも、昔はもっと大きく見えたのに」

ブランコの横木の上に立ちながら、唯華はなんだかくすぐったそうに笑った。

「ははっ、確かに」

俺も、何とは無しに隣のブランコへと足を掛ける。

「よっ……ほっ……」

「あはっ、なんか楽しくなってきたー！」

お互い、立ち漕ぎで徐々に振れ幅を増していく。

「ねねっ、秀くん！　どっちが遠くまで飛べるか勝負ね！」

「唯華はいつまでも子供の心を忘れねぇな……」

テンションが上がってきたらしく、はしゃいだ声で勝負を仕掛けてくる唯華に軽く苦笑が漏れた。だけど……。

「せーの、で一緒に飛ぶからね？　いい？」

「あぁ、了解だ」

俺も、勿論嫌いじゃない。

『せー……のっ！』

声を合わせて、俺たちは同時にブランコからジャンプする。

思ったより、随分と高くジャンプ出来て……空を飛べているみたいで、なんだかちょっと気持ち良かった。そのまま、ズザッと地面を擦りながら着地。

「ふふっ……私の勝ち、だねっ」

そう言って不敵に笑う唯華が立つのは、俺より少し前の位置。

「マジかよ、すげぇ飛ぶじゃん」

「ブランコジャンプ、昔っから得意だもんねー」

素直に称賛すると、唯華は自慢げに胸を張る。

「そういやそうだったな……俺、いっつも負けてたっけ」

幼心に、それは悔しいことで……だけど、同時に。

「そんな唯華が……俺の、憧れだったよ」

俺には、とても眩しく見えたんだ。

「凄いこと平然とやってのけて、度胸があって、俺をいつも引っ張ってくれて。勝負事じゃ負けることの方が多かったけど、そんな唯華に負けるのがどこか誇らしくも感じてた」

「あはっ、ありがと」

唯華は、どこか面映そうに笑う。

「だけどね、秀くん」

それを微笑みに変え、懐かしげに目を細めた。

「それは、私だって同じだよ」

「えっ……？」

思わぬ言葉に、疑問の声が漏れる。

「努力家で、ひたむきで、どんな無茶しても私についてきてくれて。出来ないことだって出来るようになるまで頑張って、いつの間にか私の方が抜かされてるなんてことも多かったけど……そんな時、悔しさよりも嬉しさが勝ってた」

「……そっ、か」

胸がいっぱいになる思いの中、どうにかそれだけ絞り出せた。

なんだかやけに気恥ずかしくて、何とは無しに歩き出す。

唯華も、当たり前みたいにそれに続いた。

「……なぁ、唯華」

別段そこに向かうと決めてたわけじゃなかったけど、吸い寄せられるように砂場へと足が向く。初めて会った日、唯華が声をかけてくれた場所だ。

「ありがとな。あの日、俺に声をかけてくれて」

お礼の言葉は、自然と口を衝(つ)いて出ていた。

「ありがとな。俺を見つけてくれて」

唯華との出会いがなければ、俺の人生は今とは大きく違ったものになってただろう。

きっと、今以上に人間不信で誰も信じられない暗い奴(やつ)になってたに違いない。

そんな気持ちを込めて、お礼の言葉を伝えたんだけど。

「それだって、私も一緒だよ」

唯華は、そう言って笑みを深めた。

♥　♥　♥

「ありがとね、秀くん。私に見つかってくれて」

「ははっ、なんだそりゃ」

「ふふっ」

私の言い回しがちょっとおかしかったせいで、二人で笑い合う。

「でもね、ホントなんだよ？」

　秀くんには、言ったことがなかったけれど。

「実は、私もあの頃はお友達なんていなかったから」

「……まぁ、なんとなくそんな気はしてたよ」

「あはっ、そりゃそうか」

　何しろ、毎日秀くんとばっかり遊んでたんだしね。

「女の子なのに男の子みたいで変だー、ってさ。男の子からも女の子からも、仲間に入れてもらえなくて。秀くんだけだったよ、そんなこと言わずに一緒に遊んでくれたの」

「それは、俺がゆーくんのこと男の子だと勘違いしてたからなのもあると思うけど……」

「だとしても、秀くんと一緒にいる時間だけが本当の自分でいられるような気がしてた」

　それが、私にとってどれだけ救いになってたか。

「あの日……一人で遊んでる秀くんを見てね。なんだか、胸が締め付けられるような気分になったの。一人でいるのが当たり前、って言ってるみたいなその背中が……まるで、自分自身を見てるみたいで。突き動かされるみたいに、気が付けば声をかけてた」

　あの衝動がなければ、私の人生は今とは大きく違ったものになってたと思う。

　結局は自分が女の子だってことを受け入れたかもしれないけど、きっとそれは今よりずっとネガティブな感情を伴ってのものになってたに違いない。

「あの時、ホントは凄くドキドキしてたんだよ？」

「ははっ、そうだったのか。俺には、丸っきり平気そうな顔に見えてたけど」

今も、凄くドキドキしてる……あの時とは、違う種類のドキドキだけど。

「でも、声を掛けてから仲良くなるまであっという間だったよね」

「あぁ、それに関しては実は俺もビックリしてたんだ。まるで、ずっと前から友達だったみたいにすぐに打ち解けられたから」

「境遇が似てたからっていうのもあるかもだけど……なんていうか、波長みたいなのが合ってたんだろうね」

「だなぁ」

そう……最初は、本当にただそれだけだった。

私に嫌なこと言ったりせずに、一緒にいてくれるお友達。誰よりも気の合う相手。

唯一無二の、親友。

「だから……私にとって、秀くんは特別な存在」

「勿論、俺にとっても唯華は特別な存在だよ」

きっと、私と秀くんの『特別』の意味はほとんど同じ。

それが嬉しくて……少しだけ違うことに、胸が締め付けられる。

それが、いつ頃から私の胸の中に育ち始めていたのかは覚えてない。随分と後のことだったような気もするし、ひょっとしたら出会ったその時から？　なんて気もする。

だけど、そうなんだって自覚した瞬間のことはハッキリ覚えてる。

切っ掛けは、お母様から引っ越しについて告げられたことだった——

♥　♥　♥

「唯華、お父様が今手掛けている事業が本格的に海外展開することになりました。私たちもお父様と共に居を移し、家族としてお父様を支えますよ」

「……はえ？」

ある日、お母様から淡々と告げられた事実にボクの頭はフリーズした。

「あっ……えっ、っと……？」

なんだか難しいことを言ってたけど、つまりは……。

「ボク、外国に引っ越さないといけないってこと……？」

それだけは、ぼんやりと理解出来た。

「ヤダ！」

そして、理解した瞬間に拒絶する。

「そんなの、ヤダ！　ボク、一人でも残るもん！」

「唯華……困らせないでちょうだい」

叫ぶボクを、お母様はそっと優しく抱きしめてくれた。

「お父様とお母様は、貴女と離れたくないの」

「そ、それは……ボクだって、勿論そうだけど……！」

「それに貴女だけが残ったら、お祖母様と二人きりになるのよ？」

「う……」

正直に言えば、それは避けたい。お淑やかでありなさい、控えめでありなさい、家事もちゃんと覚えなさい、とか口酸っぱく言ってくるお祖母様。ボクと二人になれば、本格的に修業みたいなのが始まっちゃうかも……。

「だ、だとしても残る！」

「唯華」

お母様の手に込められた力が、少しだけ強まる。

ボクだって、本当はわかってた。ボクが何を言ったって、これはもう変わらないことなんだって。ボクは子供で、何の力もなくて、一人で暮らすことも出来ないんだから。

「お引っ越しのこと、お友達に伝えられますね？」

この話はボクの口から秀くんに伝えなきゃいけないってことも……わかってた。

だから……酷くぼんやりする頭で、お母様に小さく頷いて返した。

その日、ボクたちは初めて会った時の公園で遊ぶ約束をしていた。

「……ゆーくん？」

砂場にいた秀くんは、トボトボと近づくボクを見て不思議そうな顔になる。

「何か、あったの？」

どうやら、全部表情に出ちゃってるみたい。

「あ、はっ」

ホントは今にも泣きたい気持ちだったけど、ボクは無理矢理に笑う。全然笑えなくて、ちょっと口元が動いただけだったけど。泣けば、引っ越しがホントになっちゃう。泣きさえしなければ、引っ越しなんて嘘になる……そんなわけないってことも、勿論わかってたけど。それでも、涙はどうにか堪えて。

「なんかボク、外国に引っ越すことになっちゃったみたいなんだよねー」

冗談を言うみたいに、軽い調子で伝える。

「えっ……？」

秀くんは最初、何を言われてるかわからないって感じでパチクリと目を瞬かせていた。

「そう……なんだ」

だけど徐々に理解していって……たぶん、冗談なんかじゃないっていうのも伝わって。

「うん」

なのに、秀くんはニコリと笑顔を浮かべた。

「大丈夫だよ」

そして、なぜだかボクをそっと抱きしめる。ボクの方が少し背が高いから、秀くんがちょっと背伸びする格好。トクントクンと、秀くんの落ち着いた鼓動が伝わってくる。

「絶対、また会えるから」

「っ……！」

それは、ボクの不安を的確に見抜いた言葉だった。

「だ、だけどっ、戻ってくるとしても、何年後になるかわからないって……」

「何年経(た)とうと、僕たちが友達なのは変わらない。ゆーくんがここで声を掛けてくれた時から……ずっとずっと、いつまでだって変わらないよ」

ゆったりとした口調で、ボクを安心させるように耳元で囁(ささや)く秀くん。

「でもっ……！　何年も経ったらボク、凄(すご)く見た目とか変わってっ……きっと秀くん、ボクのことわからなくなっちゃう……！」

「どんなに変わったって、ゆーくんのことなら一目でわかってみせるよ」

秀くんは、ホントのボクを知らないから！

そう叫びかけたのを、どうにか喉元で飲み込んだ。秀くんがボクのこと男の子だって勘違いしているのを知ってて、あえて何も言わなかったのは他ならないボクなんだから。

「でも、だって……！」

胸に渦巻く不安を上手く吐き出せないのが、酷くもどかしい。

「大丈夫だよ」

そんなボクの背中を、秀くんはポンポンと優しく撫でてくれた。

「今日は、僕がゆーくんの分まで笑ってあげるから」

「えっ……？」

思わぬ言葉に、目をパチクリ。

「泣くの、我慢しなくていいよ」

「っ……！」

その優しい言葉が、胸に突き刺さった。

秀くんは、全部全部見抜いてる。ボクが、まだ引っ越しを全然受け入れられてないこと。

気持ちの整理が付かなくて、ちゃんと悲しむことさえ出来てないこと。

ボクにはわかる。

秀くんだって絶対今すぐ泣き出したいはずなのに、ボクのために笑ってくれてるんだ。

ボクの涙を、受け止めるために。

二人共が泣いちゃうと、どんどん悲しくなるだけでどうしようもなくなっちゃうから。

「その代わり、また会えたその後は」

「う、ぁ……」

目の奥から、たちまち熱いものが湧き出てくる。

「今度こそ、二人でずっと笑ってようね」

「う、んっ……！」

頷いた拍子に、最初の涙が零(こぼ)れ落ちた。

「ぁ……」

一度流れ出ると、次々止まらない。

「うあぁぁぁぁぁぁぁぁぁぁぁぁぁぁぁぁぁぁぁぁぁ！」

大声を上げて泣くボクを抱きしめたまま、秀くんは黙って背中を撫で続けてくれる。

この時、ボクはどこか不思議な感覚に陥っていた。

胸が張り裂けそうなくらい悲しいのに、同時に何か温かい感覚も広がっていく。たまらなく寂しくて泣きわめいているのに、なぜだか幸せだって気持ちも確かに胸にあった。

心臓の音がやけに大きく聞こえる気がするのは、ボクと秀くんの二人分だから？

「大好きだよ、ゆーくん。僕のこの気持ちはいつまでだって変わらないって、約束する」

嗚呼（ああ）……この瞬間、ボクは知った。

ボクが、ずっとずっと友情だと思っていたもの。

それも絶対、嘘じゃないけど……それだけじゃなくて。

「ボクも……」

優しくて、努力家で、普段はちょっと頼りない感じなのに……本当は、こんなにも頼もしい。そんな秀くんに対して抱いている、ボクの感情。

「ボクもっ……！」

この気持ちに、付けるべき名前は。

「大好きぃっ……！」

恋、っていうんだなって。

♥　♥　♥

あの日、秀くんがそのままずっと抱きしめてくれてたから私は思いっきり泣けて。最後の日には、どうにか泣かずにお別れ出来たんだと思う。

「あの日の約束」

秀くんの声に、私は意識を過去から今へと戻した。

「ちゃんと、果たしたろ？」

きっと、秀くんも私と同じ日のことを思い出してたんだと思う。

「そうだねー、ホントに一目で見破られてビックリしちゃった」

あの時、ホントに凄く驚いて……それ以上に、すっごくすっごく嬉しかった。

──どんなに変わったって、ゆーくんのことなら一目でわかってみせるよ

そう、約束してくれたけど。お見合いの席で再会した日、わかりっこないって私は思ってた。そもそもの話、秀くんは私の性別さえ誤認してるんだもの。だから、わからなくても秀くんを責めるつもりなんて少しもなくて……ネタばらしの時のリアクションを楽しもうとか、そんなことを思っていたのに。

「私的には、かなりイメチェンしたつもりだったのになー……もしかして、実はそんなに変わってなかったりする？」

「や、見た目はマジですげぇ変わったって。ただ、なんつーかな……雰囲気？　空気感？

そういうので伝わってきたんだよ」

「なーんか根拠がフワッとしてるなー」

　本当の本当に、一目でわかってくれたから……平気そうな顔を取り繕うのに全力を尽くさなきゃ、頬が緩みきっちゃうところだったよ。

「……ねぇ、秀くん」

　ふと、ちょっとしたイタズラみたいなのを思いついた。

「あの時の約束、他のも全部守ってくれてるぅ？」

　答えはわかってるけど、微妙にイジワル風に質問してみる。

「ちゃんと守ってるだろ？　また会えたわけだし、俺たちの友情は変わってないし、大体は笑って過ごしてるし……」

　秀くんは指折り数えながら、そこで少しだけ言い淀んだ。

「その……あの時から、俺の気持ちだって変わってないし」

「ホントに？　ホントに、全然、少しも……その種類も、変わってない？」

　私は、秀くんをジッと見つめる。

「あぁ、勿論だ」

　自信満々に頷く秀くん。

自分から言わせておきながら勝手なことに……チクリと、少しだけ胸が痛んだ。

「じゃあ、ちゃんと言って？」

それを誤魔化しながら、言葉を続ける。

「や……そんなの、普段の色々からわかるだろ？」

「女の子はー、ハッキリ言葉にしてくれないと不安になっちゃう生き物なんだよー？」

「むっ……」

テキトーに言ったら、秀くんは「一理ある……か？」とか思ってそうな顔になった。

相変わらず、チョロ……もとい、根が素直だね。

「わかったよ……」

両手を挙げて、降参のポーズ。

「唯華のこと、すっ……」

そこで、少しだけ言葉に詰まって。

「好き、だし」

視線を逸らしながらの言葉に、今度は胸がトクンとときめく。

ホント、我ながら身勝手なもんだよね。なんて思いながら、私はニッコリ笑って……。

「不合格」

「判定とかあんの⁉」

不合格を告げると、秀くんはビックリ顔になった。

「だってさ、あの時とはちょっと言葉が違ったよねー」

「う……それは、まぁ……」

私の指摘に、小さく呻く秀くん。

「さて、一度不合格が出てしまったので次は更にハードルが上がります」

「どんなシステムなんだよ……」

と、今度は苦笑を漏らす。

「んっ」

そんな秀くんに向けて、私は両腕を軽く開いた。

「えっ、っと……それは？」

尋ねてくる秀くんだけど、ホントはもうわかってるって顔に見える。

「あの時と同じ格好で、言って？」

「や、それは流石(さすが)に……」

「昔できたんだから、今だって出来るでしょー？」

「その理屈はおかしくないか……⁉」

なんて、最初は渋ってた秀くんだったけど……はぁっ、と一度深い溜め息を吐いて。

「これで……いいか？」

そっと、私を抱きしめてくれた。

美術品でも扱うみたいな優しい手付きが、なんだかちょっとだけくすぐったい。

「大好きだよ……唯華。俺の気持ちは、あの頃から変わらない。いつまでも、ずっと」

「っ……」

少しだけ複雑な気分にもなるけど……それ以上に、嬉しい気持ちが胸に広がっていく。

「ふふっ」

秀くんの胸に耳を当てて、私は微笑んだ。

「秀くん、凄くドキドキしてるね」

「う……スマン」

気まずげに謝ってくる秀くんだけど。

「何も、謝ることなんてないよ」

あの時は、落ち着いていた秀くんの鼓動。

今はドキドキさせられてることを、嬉しく思ってるんだから。

ねっ、秀くん……私のドキドキも、伝わってるかな？

「私も……大好き」

あの頃から、ずっと。

あの頃より、ずっと。

そんな気持ちを込めて言うと、秀くんの鼓動の音はどんどん速まっていく。

「は、はいっ！　終わり終わりっ！　全部の約束を守ってるって、わかったろっ？」

かと思えば、秀くんがパッと私から手を離して飛び退いた。

「ふふっ……仕方ないから、ギリギリで合格ってことにしといてあげるっ」

「判定厳しくないか……？」

秀くんが、私と同じ意味で「大好き」って言ってくれてたら花丸合格だったんだけどねえ……今日のところは、この辺りで勘弁してあげますかっ。

だって、私と秀くんの時間はこれからもずっと続いていくんだから。

ゆっくりじーっくり攻略してあげるから、覚悟してよねっ？

第6章　訪れた、急展開……と

随分と気温も上がってきた、とある日の休み時間。

「もうすぐ夏休みですねーっ！」

高橋（たかはし）さんが、そんな風に話を切り出してきた。

「せっかくだし、皆で旅行とかどうですっ？」

「あぁ、それは楽しそうだね」

高橋さんの提案に、俺は本心からの言葉を返した。

視界の端に、唯華（ゆいか）が嬉（うれ）しそうに微笑む様が映る。

「海にしますかっ？　山にしますかっ？　間を取って、街にしますかっ？」

「私は、海かなー。やっぱり、一番『夏』！　って感じがしない？」

「俺は、山の方が涼しそうで好きかな」

「お？　これはオレが街を推す流れ？　街……街……そうだ京都に行こう、とか？」

「おっ、いいですねぇ京都！　海も山もありますし！」

「あんまり京都旅行で海要素とか山要素を真っ先に推す人いなくない……？」

「とはいえ、日程によってはある程度の欲張りセットプラン的なのも可能かもな」

そんな風に話し合っていると、柄にもなくワクワクした気持ちが湧いてくる。

前までは……唯華が来るまでは、こんな自分なんて想像もしてなかった。そんな風になりたいとも、特に思っていなかった。だけど、今は……あぁ。

良いもんだな、って思う。

♥　♥　♥

その日の夜、自宅にて。

「ねーねー秀くん、夏休みなんだけどさー」

私は、昼に皆で話してた時から考えてたことを切り出す。

「皆で行くのとは別に……私たち二人だけでも、旅行に行っちゃわない？」

「なるほど、それも良いかもな」

「皆でのは山の方向になりそうだし、そうなるとこっちはやっぱり海かなっ？」

「良いけど、そういや俺プライベートで使えるような水着持ってないわ……」

「あはっ、それじゃ先に水着を買いに行かなきゃだね。私も、新しいの買いたいし」

「夏休みの早いうちに二人で行くか。その辺り、どうせ瑛太は補習で動けないだろうし」

「ふふっ、確かに」

嗚呼……楽しいなぁ。嬉しいなぁ。

「あ、そうそう買い物といえば。明日、買い出しの日だけどさ。なんか大雨の予報みたいだし、明後日に変更しないか？」

「そうだねー。それじゃ、明日は家でゆっくり映画でも見よっか」

「おっ、いいねぇ」

いつか、また会えたら……じゃなくて。

明日のお話を、明後日のお話を、その先のお話を出来る。

離れていた間、ずっと願ってたことそのものだよね。

こんな日々がこれからもずっと続くなんて……ホント、夢みたいっ！


……なんて。

どうして私は、無邪気にも信じられていたんだろう。

それがずっと続くんだって、疑うこともなく信じていた楽しい日々が。

突然終わりを迎えることもあるんだって……誰よりも、知っているはずだったのに。

♠ ♠
♠ ♠
♠ ♠

その日は、何の変哲もない平日だった……少なくとも、放課後までは。

いつも通り唯華と帰る時間をズラすため、適当に時間を潰していた時のことだ。

――ヴヴヴヴヴヴッ
振動するスマホの画面を確かめると、唯華からの着信だった。

「もしもし？」

『もしもしー？　秀くん、今どの辺りにいるー？』

「商店街の中程ってとこかな」

　電話越しの唯華の声は気楽げなもので、重大事ではなさそうだと俺も気軽に応じる。

『やった、それちょうどいいとこー！　実は、お醤油切らしてるのに気付いてなくてさ。良ければ、買ってきてくれない？』

「オッケー、了解だ」

『よろしくねー……あっ…………えっ？』

「ん？」

最後に謎の声を残して、通話は切れた。

「なんだ……？」

家の中から掛けてきてたみたいだし、何があるわけでもないだろう……とは思いつつも、念のため電話を折り返す。けれど。

「バッテリー切れか……？」

コール音さえ鳴らず、繋がらない旨を告げる無機質なメッセージが聞こえるのみ。

「いや、なんか意味深な感じに切るっていう唯華のイタズラの可能性が一番高いな」

今頃、家でネタばらしする時のことを考えてほくそ笑んでるのかもしれない。

……なんて。この時点では、深くは考えなかった。

「ただいまー……あれっ？」

帰って早々、違和感に気づく。

「唯華、出掛けてんのか……？」

室内の照明が、全て消えていたのである。てっきり唯華がいると思ってたから少し意表は突かれたものの……とはいえ、ちょっとした用事で出掛けることもあるだろう。

「ん……？　書き置き、か？」

リビングの電灯を点けると、テーブルの上のルーズリーフがすぐに目に付いた。

今時アナログな伝達手段にちょっと首を捻りつつ、ルーズリーフを手に取って。

「…………は？」

その文面を確認した瞬間、俺の脳はフリーズした。

「は……？　え……？」

次いで、頭の中が疑問一色に染まる。

「なん……で……？」

書き置きの内容は、非常にシンプルである。

理解は容易、誤解のしようもない。

短く、ただ一文の走り書き……曰く。

『実家に帰ります』

♠　♠　♠

「近衛くん、随分と酷い顔ですよぅ？　もしかして、徹夜明けですか？」

「え……？　あ、あぁ……うん……」

九割方働いていない脳から、どうにか高橋さんへの返答を絞り出す。

「ダメですよー？　健康は睡眠から！　睡眠不足はパフォーマンス低下にも直結するんですからっ！　ちなみに全授業での居眠りを経験してきた私的に、こっそり睡眠を補給するのに一番オススメなのは現社ですよ！　佐藤先生はどんな露骨な居眠りでも全見逃ししてくれますし、あの一定リズムの喋り方が入眠効果抜群です！」

「ははっ……オススメありがとう……」

ぎこちない笑みを返しながらも、昨日からずっとグルグル考えているのは別のこと。

俺は、何をやらかしてしまったんだ？

唯華を怒らせた？　唯華に嫌われた？

だとしても、一体何がきっかけだったんだ？

昨日の電話の時点では、いつも通りだったと思うんだけど……。

一向に携帯が繋がらないから、唯華の実家に電話も掛けてみても。

『唯華様にお繋ぎすることは出来ません』

『こちらからお伝え出来ることはございません』

何を聞いても、事務的にそんな言葉が返ってくるだけだった。

学校でなら話せるかもしれないと、徹夜明けの重い身体で登校してみれば……。

「にしても、唯華さんがお休みだなんて珍しいですね」

「そう……だね……」

というわけである。

「……秀ちゃん、連れションに行こうぜっ！」

落胆している中、瑛太がガッと肩を組んでくる。

そんな気分じゃないと断ろうとしたけど、その直前に瑛太が耳元に口を寄せてきて。

「唯華ちゃんが実家に戻った原因に、心当たりがある」

「っ⁉」

ポソリと囁かれた言葉に、俺は弾かれるように瑛太の顔を見た。

思わず叫びそうになったのを堪えたのは、我ながらファインプレイだったと思う。

「あ、あぁ、そうだな！　ちょうど膀胱が限界を迎えてたところだったんだ！」

代わりに早口にそう言いながら、パチクリ目を瞬かせる高橋さんを置いて教室を出る。

そのまま、滅多に人の通らない廊下の隅に場所を移して。

「教えてくれ。俺のどこが悪かった？　俺は何をやらかしちまったんだっ？」

人の目がないことを入念に確認した後、早速そう切り出す。

「まぁ状況を鑑みて、ネガティブになるのもある程度は仕方ないって理解はするけどさ」

そんな俺を見て、瑛太は小さく溜め息を吐いた。

「本当に、そんなことで唯華ちゃんが出てくと思う？」

「えっ……？」

思わぬ言葉に、呆けた声が漏れる。俺がやらかしたんじゃないなら、何が……と。昨日からグルグルと空回りし続けていた頭に、突如一つの可能性が思い浮かんだ。

「……出ていったのは、唯華の本意じゃない？」

そう……考えてみれば。あの、唯華が。何があったにせよ、何の対話もなく姿を消すとは思えない。こんなことにも気付いてなかったなんて、馬鹿か俺は……！

「唯華に、何があった？」

自分で思ったより、随分とハッキリした声が出た。

「オッケー、ようやく調子が出てきたみたいだね？」

瑛太が、ニッと笑う。

「昨日、大奥様……唯華ちゃんの祖母が、諸国漫遊から数年ぶりに帰国されたんだよね」

それから、そんな風に話を切り出した。

♣　♣　♣

「実は今回の秀ちゃんと唯華ちゃんの結婚の件、烏丸家の伝統的に本来は大奥様の『許可』を貰わなきゃならないんだけど……」

「貰ってないと？」

「イェス、ザッツライッ」

ホントは、この話を秀ちゃんにするのは唯華ちゃんから禁止されてるんだけど……状況的に、前提から話しちゃった方がいいでしょ。

「鬼の居ぬ間に的な？　大奥様には内密に進めてた案件だったんだよね。あと数年は海外にいると思ってたから、その間に地盤固めをするはずだった……てか、ぶっちゃけ結婚後そんだけ経ってりゃ流石になんか有耶無耶になるだろっていう計画だったたっていうか？」

「割とフワッとしてんな……」

「唯華ちゃんには、時間がなかったから」

「……？」

「や、なんでもない」

秀ちゃんが他の人との結婚を決めちゃう前に、何がなんでも自分との結婚を推し進める必要があった……っていうのは、唯華ちゃん的にトップシークレットだからね。

「とにかく今回、予想外に早い大奥様のご帰国によってその計画が崩れたんだよ……ていうか、唯華ちゃんの結婚の件をどっかから聞き付けて帰ってきたみたいで」

「唯華は、俺たちの結婚を認めない祖母(ばあ)ちゃんの手で実家に連れ戻された……と？」

「可能性がある、ってだけの話だけどね。オレも、唯華ちゃんが出ていく現場を見たわけじゃないし。まぁでも状況的に、それっぽくない？」

「……そうか」

オレの話に何を思ったか、秀ちゃんは顔を俯(うつむ)ける。

「今じゃ引退して海外を遊び歩いちゃいるけど、長年烏丸の本家を取り仕切ってきたのはあの人だかんね。未(いま)だに各方面への影響力はガチだし、怒らせたらどっから何が飛んでくるかわからない。あの人とやり合うのは、ぶっちゃけ相当ハードだよん？」

「……ふっ」

おおっ？　この人、オレの親切心からの忠告を鼻で笑っちゃいました？

「ふふっ」

……んんっ？　と思ったら、なんか様子がおかしいような……。

「ふはははははははははははははははっ！」

……種類こそ違えど急に笑い出すこの感じ、どっかで見たことあるよねー。

「なんだ、至ってシンプルじゃないか！　つまり俺は、喧嘩(けんか)を売られていたんだな⁉」

ええ……？　そうかな……？　まぁ秀ちゃんの立場からすればそうなるの、かも……？

「なら話は早ぇ！　この近衛秀一が、言い値で買ってやるよ！」

てか、秀ちゃん。唯華ちゃんの意思じゃない可能性が高いことに気付いたっていうのと……あとたぶん、徹夜明けのテンションのせいでさ。

「ふははははははははははははっ！　いやぁ、なんだか楽しくなってきたなぁ！」

なんか、変なスイッチ入っちゃってない？

♠　♠
♠　♠
♠　♠

今すぐにでも飛んでいきたい気持ちをグッと抑え、様々な可能性を考慮しながらプランを立てて迎えた放課後。最終的に俺が辿り着いた結論は、至極単純な手段だった。

「どうも、こんにちはー」

烏丸家の守衛さんに、笑顔で挨拶する。

そう……正面突破である。

「……こんにちは」

挨拶を返してくれる守衛さんは、俺を見て僅かに表情を固くした。

「近衛秀一と申します。唯華さんに用事があって伺ったのですが……」

「申し訳ございません、諸般の事情により今は誰もお通し出来ない次第でして……」

まぁ、これは予想通り。実際には、近衛秀一を通すなってお達しかもしれないけれど。

「そうですかー、残念です」

笑顔を保ったままの俺は、特に残念そうには見えないだろう。

「…………」

「…………」

「……あの？」

その場に留まり続ける俺に対して、守衛さんがちょっと気まずげに声をかけてくる。

と、その時。

「あっ、はい、こちら渡辺」

通信が入ったらしく、インカムに対応する守衛さんこと渡辺さん。

恐らく、上役からの連絡だろう。

「えっ……？　はい、ちょうどいらしておりますが……」

チラリと、俺に視線が向けられる。

「はい……はい？　よろしいのですか？　はぁ……はい……そうなんですか……？」

通信を終えたらしく、今度は狐に摘まれたみたいな表情を向けてきた。

「失礼しました、連携ミスがあったようです。どうぞ、お通りください」

そして、俺に道を譲ってくれる。

「ありがとうございます」

最後にもう一度ニッコリ笑って会釈し、徐々に開いていく門を堂々と通る俺なのだった。

俺のコネクションを用いれば、正面から突破することなど造作もないのである。

……なんて、イキってはみたものの。実際のところ、取った手は非常にシンプル。

お義母さんにお願いしただけである。

状況を伝えると「何をやっているんですか、あの人は……」と、電話越しに頭を抱える姿が伝わってきた。お義父さんもお義母さんも、今は出張中で不在……家は祖母ちゃんに掌握されてるだろうけど、一時的に門を開けてもらうくらいは出来るだろうとお願いした次第である。唯華を迎えに行くのにお義母さんに頼るとか、マジで格好つかないことこの上ないけど……それでいい。ダサくとも、強引にでも、目的さえ達成出来れば。

とはいえ……この段階で、もうちょい手こずるかと思ってたんだけど。

もしかして祖母ちゃん、今何か取り込み中だったりするのか……？

♥　♥　♥

「お祖母様、私の話を聞いてください！」

昨日、お祖母様に連れ戻されてから……一晩寝ずに考えた説得方法を引っ提げ、私はお祖母様の部屋に突撃していた。

「……話すにしても、少し頭を冷やしてからの方が良いと思うがねぇ」

「私は、至って冷静です！」

「冷静な子とは思えない声量だこと」

「ぐむっ……！」

実際その通りではあったので、つい呻いてしまった。

「……お祖母様のお怒りは、理解しているつもりです」

「ほう？」

今度は意識して静かな声で言うと、お祖母様はどこか試すような目を向けてくる。

「お祖母様の承認無しで婚姻を取り進めたこと、誠に申し訳ございませんでした」

「ふむ」

誠心誠意を込めて頭を下げたけれど、お祖母様に伝わっているのかどうか。

「順番が逆になってしまいましたが、改めて……どうぞ、結婚のご許可をいただきたく」

「…………」

「私も、もう幼い頃とは違って女性らしく振る舞うようになりました。今はお祖母様の言い付けだってちゃんと守っていますし、結婚に反対される理由もないと思っています」

　無言でジッと見つめられてるこの状況が怖くて、早口でそう続ける……と。

「ほーぅ？　あたしの言い付けを守り？　女性らしく？　ねぇ……」

　えっ……なんだろこの、めっちゃ含みのある感じ……。

　お祖母様は手慣れた様子でスマホを操作し、その画面を私に向けた。

「これも、あたしの言い付け通りだってかい？」

「動画サイト……？」

　そこに表示されている、投稿された動画のタイトルは——

【高校生のカップルが全力でブランコ漕いでるんだがｗｗｗ】

　んんっ、あれっ……!?　これ、もしかして……!?

『せーの、で一緒に飛ぶからね？　いい？』

『あぁ、了解だ』

『せー……のっ！』

あの時、誰かに動画撮られちゃってたの⁉　顔は隠してくれてるけど、見る人が見れば私たちだってことは明白……！　は、早くも一晩考えた計画が頓挫しつつある……！

「随分と、『女の子らしく』なったもんだねぇ？」

「うぐっ……！」

ぶっちゃけ、証拠十分で言い逃れ不可能だよね……！

「あたしが、何も知らないとでも？」

と、お祖母様がスッと目を細める。

この様子だと、普段の私たちのことも伝わってると思った方が良さそうかな……。

「た、確かに、ちょっとはしゃいでしまうことがあるのも事実です。ですがお料理は十年も修業しましたし、他の家事だって……」

「そもそも」

「っ……」

幼い頃から叱られてきたからか、お祖母様に睥睨（へいげい）されると途端に言葉が出なくなる。

「あたしに黙って結婚の話を進めたってぇ事実そのものが、アンタ自身が『合格ライン』に到達してないと認めてるって何よりの証左なんじゃないのかい？」

「そ、それは……」

否定は、出来なかった。実際、今でも私はお祖母様の方針全てに納得出来ているわけではないんだから。私の『らしさ』は、誰にも決められたくなんてない。

私に『唯華』と名付けたのはお祖母様で……唯の華であれ、と願われているのかもしれないけど。私は、誰かの隣でただ微笑んでいるだけみたいな存在にはなりたくなかった。

「唯華、あたしゃね」

続く言葉はお説教か、これからの実家での『矯正』計画か。いずれにせよ、私にとって良い話であるはずがなくて……私がキュッと手を握った、その時だった。

「ちょっ、そちらは今は困ります……！」

「無作法、本当にすみません。正式な謝罪は後ほど」

廊下の方から、そんな声と慌ただしい足音が聞こえてくる。最初のはお手伝いさんの高倉さんの声で、次のは……この私が、聞き違えるはずもなく。

「ここか？」

襖を勢い良く開けて顔を覗かせた、その人のことを。

「おっ、見つけた」

「しゅっ……!?」

驚きのあまり、ちゃんと呼ぶことも出来なかった。

まさかこの場に現れるなんて、思ってもみなかったから。

「……おや、誰かと思えば近衛の跡取り息子かい。主の許可も得ずに上がりこんでくるたぁ、しばらく見ないうちに近衛の家もチンピラに成り下がったもんだねぇ」

「おっと、これは失礼。お邪魔しても？」

薄く笑うお祖母様に対して、秀くんは挑発的な笑みを浮かべて襖をノックする仕草。

「尤も……人のいない間にパートナーを掻っ攫うようなチンピラ相手には、相応な態度と言える気もしますが？」

「ほぅ？　言ってくれるじゃないか」

あわわわ、お祖母様もニンマリ笑みを深めて……完全に臨戦態勢に入っちゃってない⁉

「元はと言えばそっちが然るべき筋を通さなかったせいで、あたしがわざわざ重い腰を上げて来てやったっていうのに」

「そんな筋なんぞ、こっちとしちゃあ知ったことじゃありませんので」

嗚呼……こんな時なのに。

「おや、相手の家のことも尊重出来ないような輩の結婚生活が上手くいくものかねぇ」

「尊重はしますが、それは全てを受け入れることとは別でしょう。明らかにおかしな古い因習なんぞに従う道理はない」

本当に……こんな時にこんなこと考えるべきじゃないって、わかってはいるんだけど。

「くくっ、お宅の古い因習に従って結婚を決めた小僧が言うと説得力があるねぇ」

「確かに理不尽を感じた時期もありましたが、最終的には自分の意思で決めた結婚です。無理矢理に決められたものでも、妥協したものでもありません」

お祖母様と睨み合い、火花を散らす秀くんは……今までに見たことがないくらい苛烈で、荒々しくて、どこか傲慢にすら感じられるその表情は。

「それで？　結局、今日は何の御用なんだい？」

「ふふっ……随分と白々しいですね」

笑っているのに、いつもの優しさや気遣わしげな雰囲気は少しも感じられなくて。慇懃無礼なそんな態度は、今までに見たこともないもので。

「この度は」

グッと力強く私の肩を抱き寄せる、秀くんは……秀くんは！

「俺の一番大切なものを、取り戻しに参りました」

かっっっっっっっっっっこよ!!

はぁっ、こういう秀くんも新鮮でしゅきぃ……！

♠　♠　♠

……さて、とりあえず嘯いてはみたものの。

「とはいえ……俺としては、貴女にも認めていただけるのが俺たちにとって一番幸せなことだとも思っています」

俺は悪趣味な笑みを引っ込め、真剣な表情を意識して形作る。

「ほう、この流れで説得に入ると？　面白い、何を囀るか聞いてやろうじゃないか」

これまでの俺の無礼な態度に怒った様子もなく、唯華の祖母ちゃん……華乃さんは、どこか俺を試すような調子で笑う。

「ありがとうございます」

その器の大きさに、まずは微笑んでお礼を。

「俺は、貴女の価値観そのものを否定するつもりはありません。孫にそれを望むのも……一概には、否定しません。きっと、それで上手くいくことだってあるのでしょう」

ですが、と続ける。

「貴女の掲げる理想とは、違う形なのだとは思います」

チラリと唯華に目を向けると……なぜか、ちょっと息を荒らげているような？

……いや、今は余計なことを考えてる場合じゃない。

「確かに未だに少しお転婆なところもあるかもしれません。ですが、それは俺を未知の場所へと引っ張ってくれる力強さでもあって」

脳裏に、これまでの唯華との生活が蘇ってくる。

「その奔放さから来る発想が、新鮮な驚きや発見をいつも俺にもたらしてくれます」

さほど長い期間でもないのに、思い出せることは無限にあった。

「昔から変わらない……変わらないでいてくれたところが、俺にとっては大きな救いになっています。かつての日々も、幻なんかじゃないんだって」

俺の言葉なんかが、届くのかはわからないけど……精一杯、紡ぐ。

「唯華が、俺の世界を広げてくれました。唯華が、俺にいくつもの縁を繋いでくれました。唯華が唯華でいてくれたからこそ、今の俺があるんです」

唯華の肩を抱く腕に、少しだけ力を込める。

「俺にとっては、そんな唯華が……今のこの、ありのままの唯華こそが」

流石に、これを口にするのは少々恥ずかしかったけれど。

「最高の、『俺の嫁』なんです！」

真顔で、言い放つ。

「どうか……貴女も、ありのままの唯華を認めてはいただけませんか」

華乃さんは、俺をジッと睨んで黙したままだった。

「……くくっ」

かと思えば、その口元が徐々に緩んでいって。

「ぶっ、ふっ、あっははははは！」

噴き出して、おかしそうに笑い始めた。

「あっはは……！　それは、『説得』じゃなくて『惚気』ってぇいうんだよ！　アンタ、ホントに何しに来たんだい！」

「何しに来たかと問われれば、唯華を迎えに来たという回答になるわけですが……」

笑い続ける華乃さんを相手に、なんとなく気まずくなって俺は己の頰を掻くのだった。

♥　♥　♥

嗚呼……気をつけないと、すぐにでも頰が緩んでしまいそう。

「……んふっ」

というか、秀くんの視線がこっちに無いのを良いことに既にまぁまぁ緩んでいた。

だって……お祖母様相手に堂々と立ち回る秀くんは、ひたすらに格好良くて。

何より、私のことをあんな風に……とっても大切に想ってくれてるんだって、凄く伝わってきたんだもの……！　それにそれに、『最高の俺の嫁』って！　もうこんなの、今すぐこの場で転げ回りたいのをどうにか堪えている自分を褒めてあげたいよね……！

「……はぁっ」

そんな浮かれた私に冷水を浴びせるような、お祖母様の深い溜め息。

「にしても、一つ気に入らないのはねぇ」

秀くん共々ジロリと睨まれ、私は思わず背筋を伸ばす。

「さっきから何なんだい、アンタ……掻っ攫っただの取り戻すだの、まるであたしを人攫いか何かのように扱って」

「えぇ……？」

今更そんなこと言います……？　私を連れ去ったのは事実ですよね？

「一応言っておくけど……この子は勝手に実家に付いてきただけで、別にあたしが無理矢理に連れ帰ったわけでもなんでもないんだからね？」

「えっ……？」

「ちょ、ちょっとお祖母様、その言い方は酷いではないですか！」

秀くんが疑問の目線を私に向けてくる中、私は慌ててお祖母様に抗議する。

「確かに最終的に戻る判断を下したのは私自身で、自らの足で戻りました！　ですが、そうなるよう仕向けたのはお祖母様で……！」

「本当にそうかい？」

「えっ……？」

思わぬ言葉に、ついつい目をパチパチと瞬かせてしまう。

「本当にそうだったか……冷静になった今の頭で、よーく思い出してみな」

「ええ……？」

そう言われて、私は昨日のことを脳裏に蘇らせた。

♥　♥　♥

その時、私はリビングで電話越しに秀くんにおつかいをお願いしていた。

『オッケー、了解だ』

「よろしくねー……あっ」

通話を切ろうと画面を見ると、バッテリーがほとんど切れかけなのに気付く。

それとほとんど同時……カチャン、バタンと。

「……えっ？」

玄関の鍵と扉が開閉する音が聞こえてきて、疑問の声が漏れる、泥棒……？　もしくは秀くんだとすれば、直前までの会話と辻褄が合わない。まさか、家族の誰か……？

……お互いの実家に合鍵を預けてあるから、家族の誰か……？

後者であってほしいという願いは、結果的には一応叶うことにはなったわけだけど……

玄関の方から顔を覗かせたのが、予想外の人物で。

「お、お祖母様……!?」

思わず叫んだ私に応えることなく、お祖母様はジッと私のことを見つめてくる。

「い、いつ帰って……いえ、それより、えーと、本日は、何用で……？」

そうは言いつつも、用件なんて一つしか思い浮かばなかった。

「わた、しを……連れ戻しに、来られたのですか？」

「そう思うのかい？」

うぐっ……これは、「他ならないお前自身が一番わかっているだろう」って視線……！

「わ、私は……」

昔っからお祖母様に反発してはいたけれど、それには多大な勇気が必要だった。

「私はここを、動きません！」

それでも、どうにか振り絞ってソファの上に正座する。

「そうかい。別段、構わないよ」

あれっ……？　思ったよりあっさり、諦めてくれた……？

「始めてちょうだい」

そんな私の甘っちょろい希望は、すぐに打ち砕かれることになる。

『はいっ！』

お祖母様（ばあさま）の合図を受けて、作業着姿の男の人たちがぞろぞろと家の中に入ってきた。

「えっ、誰……？　何……？」

私が困惑している間に、男の人たちはリビングの家具たちに手をかけ持ち上げて……えっ、何をしようと……？　って、まさか……!?

「まっ……待ってください!!」

私の大音声での叫びに、男の人たちがビクッとして動きを止める。

「やめて……ください」

お祖母様の考えが、読めたかもしれない。

私を連れ戻すため……私が拒絶するなら、私がこの場を動かないと言うのなら。『この場』そのものを……私の居場所を、無理矢理に取り上げようってこと……なんじゃ……？

空っぽになった『私たちの部屋』を想像すると……たまらなく、怖くなって。

「家に……戻ります」

私は、か細い声でそう言うことしか出来なかった。

「戻りますから……どうか」

本気でお祖母様が動けば、私に抵抗出来るだけの『力』はない。

「ここには……この部屋には、手を出さないでください……」

出来るのは、ただ自分の身を差し出す代わりに懇願することくらい。

「……はぁ」

お祖母様の溜め息に、反射的に身体が震える。

「あたしゃ」

「どうか、お願いします！」

怖くてその顔を見れなくて、私はより深く頭を下げた。

「……はぁっ」

もう一度、さっきより大きなお祖母様の溜め息。

「この子は、昔っからこういうところがあるんだよねぇ……」

呆れたように言われたけれど、何のことかはよくわからない。

「まぁ、あたしにも責任はあるか……」

続いて、また小さく溜め息を吐いて。

「わざわざ来てもらったとこ悪いけど、今日のとこはこれで撤収しておくれ」

『は、はいっ』

踵を返すお祖母様の後に、ちょっと困惑した様子の男の人たちが続く。

私もほとんど働いていない頭で、秀くんが心配しないよう書き置きだけを急いで書いて……部屋を出た。ドアが閉まる直前に振り返ると、秀くんとの思い出が詰まった空間はそのままで……ここを守れたことに、少しだけホッとする。

私自身が連れ戻されるのはもう仕方ないにしても……この部屋が奪われるのは。

いつか帰る場所までなくなるのは、何より耐えられなかったから。

といったあれこれを、思い出し。
「……んんっ⁉」
私は、ちょっと混乱し始めていた。あの時はそれしかないって思い込んじゃってたけど、確かに思い返すと何かおかしいような気も……？
「あの、でも、お祖母様……私を、連れ戻しに来たって……」

「あたしが、そう言ったかい？」

「言って……は、ないかも……ですが……」

でも、なんかそれっぽい態度だったし……！

「だ、だったら、私が戻るのを拒絶したら急に家具を運び出そうとし始めたのは何だったんですか!? 私の居場所を取り上げようっていう魂胆じゃ……」

「別段、運び出そうだなんて思っちゃいなかったよ」

「……えっ？」

「嫁入り道具を運び入れるために、ちょいと家具を移動させようとしただけさ。アンタの拒絶とかは、特に関係なくね」

「嫁入り……道具……？」

何を言っているのかよくわからず、思わずオウム返しに繰り返してしまった。

「アンタ、聞けばほとんど持って行かなかったそうじゃないかい。それじゃ烏丸の名に傷が付くってもんで、いくつかあたしの方で見繕ったんだよ」

「あ、はぁ……ありがとうございます……？」

徐々に、お祖母様の言葉が頭の中へと染み込んでいく。

「まったくアンタときたら、あたしの話を聞こうともせずセルフくっ殺(ころ)状態になって」

「お祖母様、なんでそんな言葉知ってるの!?」

や、じゃなくて……。

「え？　つまり、お祖母様は最初から私をどうこうするつもりはなかったと……？」

「そう言っているよ」

ここに来て、私もようやくそれを理解し始めて……頬が、強烈に熱を持っていくのを自覚する。つまり、結局これって……！

「おごぁ……!?　穴があったら入りたい……！」

私が一人でゴリッゴリに勘違いして、一人でなんか変な悲壮感を漂わせてただけってことだよね!?　ちょっと恥ずかしすぎない!?

♠　♠　♠

唯華が、頭を抱えて蹲る中。

「あの、すみません……一つ、伺いたいのですが……」

薄々察しつつも、俺は華乃さんに向けて恐る恐る手を挙げる。

「今のお話から推察するに、もしかして……貴女は、最初から俺たちの結婚に……？」

「あたしゃ、一度も反対だなんて言った覚えはないよ」

そう……！　言われてみれば、確かにそうなのである……！

「こっ……ここまで、数々のご無礼をば……！」

手をつき、華乃さんに向けて深く頭を下げる。喧嘩を売られたと思って完全に喧嘩腰でやってきたけど、それが勘違いだったんだとすれば単に失礼ぶちかましただけじゃねぇか……！　つーか、ちょっと恥ずかしすぎないか⁉　穴があったら入りたい……！

「くくっ、構わないよ。面白いもんを見れたしね」

普通にキレても良い案件だと思うんだけど、華乃さんは言葉通り楽しそうに笑うのみ。

「にしても、ちょっと考えればわかるだろうに。既に結ばれている両家の縁をぶち壊しに出来るような権限が、引退したババアにあるわけなんてないとさ」

「そうなんですか……？」

瑛太に聞いた話から、てっきりそのくらいは余裕なのかと思ってた……。

「……だとしても」

と、頭を抱えていた唯華が再び会話に加わってくる。

「だとしても、お祖母様は反対されるかと思っていました」

「なぜだい？」

目を細める華乃さんからは、威圧感が放たれているようにも見えるけど……たぶんこれ、素でこんな感じなんだろうなこの人……っていうのが、なんかわかってきた気がする。

「お祖母様のおっしゃった通りで……他ならぬ私自身が、お祖母様の言う合格ラインには達していないと思っていますので……」

唯華は、夜中に一人で目覚めた子供みたいに不安げな表情でそう口にする。

「まぁ、そうだねぇ」

頷く華乃さんに、唯華は少しビクッとなった。

「頭ごなしに叱りつけるだけだったあたしにも、反省すべき点はあったと思ってるんだ」

「……？」

次いで微苦笑を浮かべながらそんな風に呟く華乃さんに、小さく首を傾ける。

「唯華。あたしが何のために、女の子らしくだの何だの口煩く言ってたと思うんだい？」

「はぁ……それは、烏丸家の女として恥ずかしくないようにと……」

「そういう側面も、まぁなくはないけどね」

フッと、どこか遠い目となって華乃さんは口元を緩めた。

「今更、お前のためだっただなんて嘯くつもりもないけれど……あれは、いつかアンタが誰かを好きになった時に後悔しないようにと思ってのことだったんだよ。昔のアンタじゃ、嫁の貰い手なんてないだろうってねぇ。結果は、逆効果だったみたいだけれど」

「さっきも言った通り、あたしのやり方も上手くなかったと今は思っているよ。まぁ、話を聞かなかったのはお互い様ってところかね」

恐縮した様子で頭を下げる唯華に、華乃さんは肩をすくめてみせる。

「だから……旦那に見初められたってぇなら、それが全てだろうよ。あたしが合格だの不合格だの言うような筋合いなんぞ、最初からないのさ」

見初めたというか、結婚の決め手は打算的なものだったんですが……すみません……。

「誰かにとっての、唯一無二の華となれ」

唯華の名前は華乃さんが付けたそうで……つまり、その言葉は。

「あたしの願った通りの女の子に、アンタはもうなってるのさ」

「お祖母様……！」

感銘を受けた様子で、唯華は口元に手をやる。目の端には、光るものも見て取れた。

「元々ね、あたしゃアンタにこう言ってやるつもりで帰国したんだよ」

そんな唯華の頭の上に、華乃さんが優しく手を載せる。

「幸せにおなり、ってね」

「っ……！」

「す、すみません……」

その表情からは、孫への慈しみだけが感じられた。

「はい……！　はいっ、お祖母様……！　ありがとうございます……！」

頷いた拍子に、つぅと涙が唯華の頬を濡らして落ちる。

「ごめんなさい、本当に……！　お祖母様は、私のことをただ想ってくれていただけなのに……私、恥ずかしい勘違いなんてしちゃって……！」

言葉通り、唯華は照れ臭そうにはにかんだ。

「まぁそれに関しちゃ、途中からあえてそんな風に振る舞ってたってのも認めるけどね」

「なんでわざわざそんなことを⁉」

そして、イタズラっぽく微笑む華乃さんを相手に驚愕の表情となる。

「結婚の報告一つ寄越さない不義理な孫に、ちょっとした意趣返しくらいは許されると思わないかい？　ねぇ、旦那様？」

「えーと……」

俺に話を振られても、反応に困るんですが……！

……ていうか、もしかしてこの人……唯華から直接結婚の報告がなかったから、ちょっと拗ねてただけ……だったり……？

「ま、おかげで旦那の人となりも見れたから良しとするけどね」

なんて密かに考えていた俺を見て、華乃さんはニヤリと笑う。

「アンタになら、安心して孫を任せられるよ」

「あ、ありがとうございます」

その言葉に、自然と背筋が伸びた。

「俺、唯華のこと……」

ここで、「幸せにします」と言えれば良かったんだろう。だけど俺たちの結婚は、本当の意味での結婚ではなくて。俺に、それを言う資格はないから。

「大切にします。一生、ずっと」

だから、俺に誓えることだけを誓うことにした。

「……あ、はっ」

隣で、唯華が微笑みを浮かべる。

「お祖母様。私、幸せに……いえ」

途中で言葉を止めて、首を横に振り。

「私、幸せです！」

そして、胸を張ってそう宣言した。

「あぁ、そのようだねぇ」

華乃さんも、今度こそは思うところのなさそうな微笑みでそれを受け止めてくれた。

「二人共……結婚、おめでとう」

『っ……ありがとうございます！』

こうして、当初の想定とはかなり……相当に、違った形にはなったけども。

無事、俺たちの結婚を祝福してもらうことが出来たのだった。

今回の一件……結局のところは、スタートから全部俺たちの勘違いで。俺もやらかしちゃったし、唯華も恥ずかしい思いをしたと思う。だけど、華乃さんと唯華のわだかまりが解消したのなら……俺たちの恥も、無駄ではなかったんだろう。

そんな風に、思うことにした。

『……ふぅっ』

実家の正門から秀くんと一緒に歩み出て、私たちはほとんど同時に深い溜め息を吐く。

昨日から色々あって、つっかれたぁ……！

……でも、だからこそ。

「ごめんね、秀くん」

　これだけは、ちゃんと言っておかないといけないと思った。

「沢山……心配、かけちゃったよね？」

「ん、まぁ……な。携帯も通じないし、実家に掛けても何も教えてもらえなかったしさ」

　そういえば、スマホは昨日からバッテリーが切れたままで……実家の件は知らなかったけど、たぶんお祖母様なりのお気遣いで箝口令敷いてくれてたんだと思う……私の恥ずかしい勘違いが秀くんに伝わらないように、って……。

「だから、最初は俺が何かやらかして愛想を尽かされちまったのかと思ったよ」

「それは、ありえない！」

　私は、反射的に叫んだ。

「絶対……ありえないから」

　本気を込めて、秀くんの目をジッと見つめる。

「……でも」

　とはいえ。

「んんっ……！　思い返す程に、そう思われても仕方ない状況だったよねぇ……！」

　突然消えたパートナー、連絡も付かず、極めつけに書き置きの文面は『実家に帰ります』ときたもんだ！　真っ先にその可能性が思い浮かぶ材料しかない……！　あの時の私、いくら急いでた上に頭が働いてなかったにせよもうちょい文面ちゃんと考えて……！

「ホントに、ごめんねぇ！」

「ははっ、いいって。今となっちゃ笑い話だ」

両手を合わせて頭を下げる私に、秀くんは軽い調子で手を振る。

「それに、さ」

それから、フッと小さく笑った。

「なんつーか……今回の件は、良い機会だったとも思うんだ」

「良い機会……？」

何のことかわからず、私は首を捻る。

「俺にとって、唯華の存在がどれだけ大きくなっていたか……改めて、実感出来たから」

ジッと秀くんから見つめられて……その目にいつにない熱情のようなものが感じられる気がして、なんだかドキドキしてきちゃう。

「んっ……私もっ」

私は赤くなっているだろう顔を隠すのも兼ねて、頷きながら秀くんの肩の辺りに顔を埋める。そのまましばらくの間、二人無言で……こうしていると、無限に鼓動が高鳴っていきそう……なんて、思っていたところ。

「人んちの前でイチャつくんじゃないよ。後は、家でやりな」

『うぉわっ⁉』

正門から顔だけ覗(のぞ)かせたお祖母様がボソッとそんなことを言ってきたもんだから、私たちは飛び上がるようにして離れた。それで満足したのか、お祖母様はそのまま何も言わずススッと顔を引っ込めて正門も静かに閉まる。

『…………』

さっきとは別の意味でドキドキと高鳴る胸を押さえながら、秀くんと顔を見合わせて。

『……ははっ』

どちらからともなく、微苦笑が漏れた。

「それじゃ……唯華」

コホンと咳払(せきばら)いした後、秀くんが手を差し出してくる。

「帰ろう……俺たちの、家に」

それから、そう言いながら微笑(ほほえ)んだ。

「うんっ！」

私は勿論(もちろん)、満面の笑みで秀くんの手を取って。少し空けただけなのに、随分と恋しく感じる……私たちの家(ウチ)への帰路を、二人並んで歩き始めるのだった。

エピローグ

先の騒動から数日が経過し、俺たちの日々もすっかり落ち着きを取り戻していた。

そんなとある平日の朝、あくび混じりにダイニングへと向かう……と。

「ふぁ……」

「おっはよー！」

「お……はよ？」

唯華が元気に挨拶してくるもんだから、思わず目を瞬かせてしまう。

いつもは大体同じくらいの時間に起きて、一緒に朝食を準備するんだけど……テーブルに目をやれば、何品も揃った豪勢な朝食が既に用意されている。

「朝飯、用意してくれたんだ。ありがとな」

「ふふっ、誕生日の朝くらいはゆっくりしてほしくて」

お礼を伝えると、唯華はそう言ってニッコリ笑った。

そう……本日は、俺の十八歳の誕生日である。まぁ、とはいえ。

「お誕生日おめでとう、秀くん！」

「あぁ……ありがとう、唯華」

こうして、唯華からお祝いの言葉を貰えたことと。

とある『イベント』が控えている以外は、いつもと変わらない一日になるだろう。

……この時点では、そんな風に考えていたんだけど。

♠　♠　♠

「お誕生日おめでとうございます、近衛くんっ！」

「秀ちゃん、はぴはぴばーすでー！」

教室に入るなり、高橋さんと瑛太がお祝いの言葉で迎えてくれて。

「あ、おぅ……ありがとう、二人共」

そもそも誕生日が知られているという認識すらなかったもんで、素で驚いて碌なリアクションが取れなかった。

「んふふー。唯華さんがこっそり教えてくれたんですよ？」

俺の疑問を察したらしい高橋さんが、ニンマリ笑う。

「なんでこっそりなんだよ……」

「ふふっ、さっきの驚いた顔が見たくて」

ジト目を向けると、唯華はイタズラ成功とばかりに微笑んだ。

「おー、近衛っち今日バースデーなん？」

と、そこで会話に加わってきたのは天海さん。前に、せっかく話しかけてくれたところを俺がクッソ塩対応して拒絶した相手……なのに。

「おめおめー！」

天海さんは、遺恨の欠片もなさそうな笑顔で祝福してくれる。何か裏でもあるのか……？と、以前の俺ならそう考えてここでも塩気味に対応したことだろう……けど。

「ありがとう、嬉しいよ」

今は、好意を素直に受け取ることが出来た。

すると、天海さんはパチクリと目を瞬かせて。

「にひっ」

それから、どこか嬉しそうに笑った。

「ねーみんなー！　近衛っち、今日お誕生日なんだってー！」

次いで、手でメガホンを作って他のクラスメイトへと呼びかける。

「みたいですね……おめでとうございます、近衛くん」

以前とは違って特段緊張を纏った様子もない、クラス委員の白鳥さんを筆頭に。

「今日なんだー、おめー！」

「近衛さん、おめでとうございます」

「おめでとー！」

「オメタン～！」

今まで話したことのないクラスメイトたちも、次々にお祝いの言葉をくれる。

以前だったら、考えられなかった光景だ。唯華に瑛太に高橋さんと、普段から普通に話す相手が出来た影響で以前ほど取っつき難い印象もなくなっているんだろう。

そして、実際のところ……俺自身、以前より人間不信が薄まっている自覚はあった。

それこそ、瑛太や高橋さん……そして、唯華のおかげで。

「みんな……ありがとう！」

だから俺も、みんなに心からの感謝を返せたのだった。

♠　♠　♠

そして、その夜。

「改めて……お誕生日おめでとう、秀くん」

「ありがとう、唯華」

唯華が差し出してきたグラスに、自分のグラスを合わせる。

中身は、ノンアルコールのシャンパンだ。

「いやぁ、今日は楽しかったけど疲れたねぇ」

「ははっ、そうだな」

放課後は、誕生会と称して瑛太と高橋さんにカラオケに連れ出され……サプライズでケーキなんかも用意してくれてて、なんとも面映い気分になったもんだ。

その後の夕食は、俺の実家で。これは例年通り、家族にも祝ってもらった。ただ、「いよいよですね」となぜか大興奮の一葉の相手をするのはちょっと大変だったけど……。

そして帰宅して現在、最後に唯華と二人でグラスを交わし合っているわけである。

「ずっと、家族以外から誕生日を祝われることなんてなかったけど……」

別に、それを気にしたこともなかったけれど。

「嬉しいもんだな。色んな人から祝ってもらえるっていうのはさ」

心から、そう思えた。

「ふふっ、そっか」

俺の感想に、唯華は自分のことみたいに嬉しそうに笑ってくれる。

「さて……それじゃ、私からのプレゼントだけど」

「おっ、何かくれるのか」

「あはっ、当たり前でしょ」

ここまでに何度か他の人からプレゼントを受け取る機会があったものの、唯華はそれをニコニコ見守るだけだった。もしかしたら、何もないのかと思っていたんだけども。

「プレゼントはねぇ……」

手を背中の方にやり、唯華は勿体つけるようにそこで言葉を切り。

「ジャン！」

長いリボンを取り出した。

おっとぅ？　これは、まさか『アレ』をやるつもりか……？

♥　♥　♥

取り出したリボンを、私は手早く自分の身体に巻いていき。

「プレゼントは……わ、た、し！」

結んだところで、ドヤ顔を意識しながら自分自身を指した。

「ははっ、ベタなネタできたな」

リボンを取り出した時点でこの流れを予想してたのか、秀くんは軽く笑うだけ。

　冗談だって、信じ切ってるみたいだけど。

「ネタじゃ、ないよ？」

「えっ……？」

　真顔になって言い切ると、秀くんはちょっと呆(ほう)けたような表情に。

「プレゼントは、私」

　そう……これは、ネタでも冗談でもなく。

「私の全部を、秀くんにあげる」

　私は、本気の本気で言っているのである。

　それを察してくれたらしい秀くんは、真っ直(ます)ぐに見つめ返してくれた。

「お返しは、俺の全部……で、足りるか？」

　その言葉は、きっと私の真意が伝わったから。

「ん、勿論っ」

　だから、私は満面の笑みで頷(うなず)く。

「それじゃ……行くか」

「うん、そうだね」

　どこへ、とは言わなくてもお互いわかっていた。

♠　　♠　　♠

　というわけで。

「本当に、いいんだな？　こっから先は、後戻り出来ないぞ？」

「ふふっ、後戻りするつもりなんて少しもないよ。再会したあの日から、ずっと」

　そんな会話を交わす俺たちの現在地は……市役所前である。

　手には記入済みの婚姻届他、必要書類等々。

　そう……ここまで結婚結婚と言い続けてきたけど、実のところ俺たちはまだ結婚していない。俺が今日で十八歳になったばかりなんだから、当たり前である。

「それじゃ……行くか」

「ふふっ、それさっきも言った」

「あ、おぅ、そうだっけ……」

　緊張に身を固くする俺と違って、唯華はリラックスしている様子だ。

♥　　♥　　♥

「……ふぅ」

秀くんにバレないよう、小さく息を吐く。

いやぁ、だってこれはさぁ……めっちゃくちゃ緊張するよねぇ!?

これでいよいよ本当に……なんて考えると余計に緊張してくるから、極力頭を空っぽにして臨むことにしよう。頭を空っぽに、頭を空っぽに……!

「夜間窓口って、こっちでいいんだっけ？」

「ぽてち」

「……唯華？」

……ハッ!? 頭を空っぽにし過ぎた!?

「や、ごめんごめん。うん、そっちのはず」

慌てて早口でそう返すけど、頬がちょっと熱を持っていくのを自覚する。

──なんて一幕も、ありつつ。

「すみません……婚姻届の提出って、こちらで大丈夫ですか？」

「はい、承りますよ」

秀くんが、窓口の職員さんに書類一式を渡す。

職員さんが無言で書類の内容を確認している間、心臓の音がドキドキと高鳴って秀くんに聞こえちゃわないか心配だった……けど。

「はい、問題ないですね」

一通り確認し終えたらしい職員さんは、あっさり頷いて。

「おめでとうございます」

ニッコリと微笑んで、祝福してくれた。

だけど、拍子抜けするくらいあっさり過ぎて……実感がなくて、思わず秀くんの方を見てしまう。すると、ちょうど秀くんも呆けたような顔をこっちに向けてきて。

『ふっ……ははっ』

たぶんお互いそっくりな表情してるんだろうなって考えるとなんだかおかしくって、思わず笑っちゃった。きっと、秀くんも同じ。

それから私たちは、やっぱり同時に正面に向き直って。

『ありがとうございます！』

職員さんに、笑顔でお礼を言う。

嗚呼……やっぱりまだ、実感は薄いけれど。

これで、本当に……秀くんのお嫁さんに、なれたんだ。

「……にふふぅっ」

あぁもう、顔がニヤけそうになっちゃうのを堪えるのに必死だよう！

♠
♠
♠

市役所を後にしながら。

「これで俺たち、結婚……したん、だよな？」

あまりにあっさりしてたもんだから、思わず隣の唯華に尋ねてしまう。

「ふふっ、たぶんね」

唯華には、いつもと変わった様子はない。

……でも、そうだよな。書類を提出したからって、急に何かが変わるわけもないか。

「唯華、この後は空いてるか？」

「勿論(もちろん)」

「じゃあ……やることはもう、決まってるよな？」

「だね」

だから。

『勝負！』

俺たちは、これでいいんだと思う。

「ねぇ、今日のジャンルはどうする？」

「そうだな、久々に……」

「あっ、待って待って！　当ててあげる！」

「こんなの、ノーヒントで当たることあるか……？」

「秀くんは……『パズル系』って言おうとしてたねっ？」

「……なぜわかった」

「ふふっ……ここ最近密かに練習してたの、知ってるんだから」

「バレてたのか……」

「こないだ私にボコられたのが悔しかったんでしょー？」

「いやいや、あれはちょっと油断してただけだから」

「どうかなー？　私の得意分野だしねー？」

「ふっ……今日からは俺の方が得意分野と呼ばせてもらうさ」

そんな風に、俺たちは俺たちらしく。

「それは……うん。楽しみだなっ」

「あぁ……楽しみだ！」

親友同士の距離感な、俺たちの。

♥　♥　♥

「……んふふっ」

「ん？　急にどうした？」

「改めて……私、もう秀くんのモノになっちゃったんだなーって」

「ん……そして、俺は唯華のモノになった」

「えへへー、私のモノー！」

「っとと……きゅ、急に抱きついてくるなよ」

「いいでしょ？　私のモノなんだから」

「それはまぁ……」

「ねっ、秀くん」

「うん？」

「私ね、今」

「うん」

時に恋人みたいなこともしちゃったりする、私たちの。

♠　♠　♠

♥　♥　♥

「すっごく、幸せっ！」

新婚生活は、まだまだ始まったばかりだ。

あとがき

どうも、はむばねです。

初めましての方は初めまして、そうでない方はお久しぶりでございます。

どちらの皆様も、本作をお手にとっていただきまして誠にありがとうございます。

間にノベライズのお仕事などもさせていただいてはおりましたが（「大正処女御伽話　共ニ歩ム春夏秋冬」、JUMP j BOOKSより好評発売中です）、オリジナル作品としては前作「元カノと今カノが俺の愛を勝ち取ろうとしてくる。」以来で一年ちょっとぶりの刊行となりました。

というのも一時期体調がグダグダで、それに引っ張られてメンタルまでグダグダになっていき、生産力がガクンと落ちておりまして……更に肩凝り腰痛が酷くなってあまり長い時間机に向かえなくなり……はい、作者の体調トークとかクソどうでもいいですね。

このあとがきを書いている現在は、諸々持ち直しております！

さてさて、本作の内容についても少し書きますと。

前作「元カノと今カノが俺の愛を勝ち取ろうとしてくる。」は、かなりコメディ寄りでお送り致しましたが。本作は十年ぶりに再会した『親友』二人の、楽しく時に甘い『新婚生活』を描いたラブ寄りなお話（のつもり）です（当社比）。

そんな主役組が（私にしては）ボケ要素少なめな分……というわけでもございませんが、なかなか愉快な奴らとのコメディも交えてお送りしております。

……ネタバレしないように留意しつつ内容の話をしようとすると、タイトルからほとんど情報量が増えませんね。

ともあれ。

私なりのラブとコメをありったけぶち込んだつもりですので、最後までお楽しみいただけますと幸いでございます。

と、今回はあまりページ数もございませんので以下謝辞に入らせていただきます。

イラストをご担当いただきました、Parum様。素晴らしいイラストを、誠にありがとうございます。私は書いている段階ではキャラのフワッとしたイメージしか脳内にないのですが、キャラデザを見た瞬間「これだったわ」と確信した程イメージにピッタリでした。

担当S様、今回も様々なアドバイスをいただきありがとうございました。スケジュールについて等いつもお気遣いいただき、大変助かっております。

以前より応援いただいております皆様にも、厚く御礼申し上げます。普段から皆様のお声が力になっていますが、メンタルがアレだった時期は特に顕著にそう感じました。

お世話になりました方全てのお名前を列挙するわけにも参らず恐縮ではございますが、本作の出版に携わっていただきました皆様、普段から支えてくださっている皆様、そして本作を手にとっていただきました皆様、全員に心よりの感謝を。

それでは、またお会いできることを切に願いつつ。

今回は、これにて失礼させていただきます。

はむばね

男子だと思っていた幼馴染との新婚生活がうまくいきすぎる件について

著　はむばね

角川スニーカー文庫　23134

2022年4月1日　初版発行

発行者　青柳昌行

発　行　株式会社KADOKAWA
〒102-8177 東京都千代田区富士見2-13-3
電話　0570-002-301（ナビダイヤル）

印刷所　株式会社暁印刷
製本所　本間製本株式会社

Printed in Japan　ISBN 978-4-04-112423-9　C0193

★ご意見、ご感想をお送りください★

〒102-8177 東京都千代田区富士見 2-13-3
株式会社KADOKAWA　角川スニーカー文庫編集部気付
「はむばね」先生
「Parum」先生

角川文庫発刊に際して

角川源義

第二次世界大戦の敗北は、軍事力の敗北であった以上に、私たちの若い文化力の敗退であった。私たちの文化が戦争に対して如何に無力であり、単なるあだ花に過ぎなかったかを、私たちは身を以て体験し痛感した。西洋近代文化の摂取にとって、明治以後八十年の歳月は決して短かすぎたとは言えない。にもかかわらず、近代文化の伝統を確立し、自由な批判と柔軟な良識に富む文化層として自らを形成することに私たちは失敗して来た。そしてこれは、各層への文化の普及滲透を任務とする出版人の責任でもあった。

一九四五年以来、私たちは再び振出しに戻り、第一歩から踏み出すことを余儀なくされた。これは大きな不幸ではあるが、反面、これまでの混沌・未熟・歪曲の中にあった我が国の文化に秩序と確たる基礎を齎らすためには絶好の機会でもある。角川書店は、このような祖国の文化的危機にあたり、微力をも顧みず再建の礎石たるべき抱負と決意とをもって出発したが、ここに創立以来の念願を果すべく角川文庫を発刊する。これまで刊行されたあらゆる全集叢書文庫類の長所と短所とを検討し、古今東西の不朽の典籍を、良心的編集のもとに、廉価に、そして書架にふさわしい美本として、多くのひとびとに提供しようとする。しかし私たちは徒らに百科全書的な知識のジレッタントを作ることを目的とせず、あくまで祖国の文化に秩序と再建への道を示し、この文庫を角川書店の栄ある事業として、今後永久に継続発展せしめ、学芸と教養との殿堂として大成せんことを期したい。多くの読書子の愛情ある忠言と支持とによって、この希望と抱負とを完遂せしめられんことを願う。

一九四九年五月三日